愛の記憶

カレン・マリー・モニング
美月ふう［訳］

ライムブックス Luxury Romance

INTO THE DREAMING
by Karen Marie Moning

 This edition
published by arrangement with The Berkley Publishing Group,
a member of Penguin Group (USA) Inc.
through Tuttle-Mori Agency, Inc., Tokyo

愛の記憶

主要登場人物

ジェーン・シリー……………ウエイトレス
エーダン・マッキノン………ハイランダー族長の息子。戦士
アンシーリー・キング………悪の妖精の王。闇の王
シーリー・クイーン…………妖精の女王
エライアス……………………村の長老

《海から現れた彼の引きしまった体は濡《ぬ》れていて、月明かりに照らされ、きらきら輝いていた。荒れたアクアマリンの海の色をした、鮮やかな彼の目と目が合い、彼女の鼓動は速まった。

目の前に生まれたままの姿で彼が立つ。その瞳はすべてを差し出し、永遠を約束すると告げていた。

彼の力強い手でうなじをつかまれ、そのまま引き寄せられてキスをされると、彼女はうっとりと期待の吐息を漏らして口を開いた。

キスは最初は優しく、やがて彼自身のように激しくなった。彼は深い謎《なぞ》に包まれ、それよりも深い情熱を持つ、彼女のハイランダーだったのだ。

彼女の髪にうずめられた手がひとつからふたつになり、ひとつのキスが激しく燃え立つ欲望の炎に変わると、彼はさっと彼女を抱きかかえ、城の階段を駆け上がって寝室へと……。

ジェーン・シリー著『ハイランドの炎』未発表原稿より抜粋》

1

九二八年
スコットランドのはずれ、厳密にはスコットランドではないどこか

そこは闇《やみ》と氷の国だった。

灰色の濃淡と漆黒に包まれた世界。

その闇の奥深くに人間ではない生き物が潜んでいた。不自然に折れ曲がった四肢、ぞっとするような醜い顔貌《がんぼう》。見るもおぞましい化け物たち。

こんなひどい場所にもかろうじて光と呼べる杭《くい》でできた柵《さく》があり、万が一彼らが中へ入ろうものなら、苦しみながらじわじわと命を落とすことになる。彼――おぼろな光の柱の内側に幽閉された人間界のスコットランド高地人《ハイランダー》――も

またしかりで、もし己をつなぎとめる鎖を断ちきることに成功したとしても、この恐るべき闇から逃げ出そうとすれば同じ運命をたどることになる。

男の眼前には、険しい氷の断崖《だんがい》がそそり立っていた。暗い迷路のような峡谷を、冷たい風が悲しげに、弱々しい耳障りな金切り声をあげて吹き抜ける。このわびしくて寒々とした地獄のごとき場所には、太陽の光もスコットランドのさわやかなそよ風も、ヘザーの花の香りも届かない。

彼はこの場所が嫌いだった。魂は恐怖ですくみ上がっていた。

暖かな日差しを顔に浴び、ブーツの下で草が踏みつけられるあの心地よい感触を味わいたかった。馬にまたがり、この手に両刃の剣《クレイモア》のずっしりとした重みを感じられるのなら、人生の一部をなげうっていただろう。

この苦しい状況から逃れようと心の奥に引きこもっているとき、彼は、咲き誇るヘザーの花と、明るく燃え立つ泥炭《ピート》の炎の夢を見た。女性の温かくて優しい愛撫《あいぶ》の夢、炉床でキツネ色に焼きあがったばかりの、バターを塗ったパンの夢を。ありふれたもの。だが、今の彼には手の届かないものだ。

三〇年間、まばゆい山々や谷で暮らしてきたハイランドの族長の息子にとって、五年間の幽閉は耐えがたい宣告だった。頼れるのは意志の力だけ。心に宿る希望の光を大切に育《はぐく》むことで耐え忍ぶしかない。

しかし、彼は強い男だった。体の中にはスコットランド王の熱く純然たる血が流れている。彼は生き延びる。元の世界へ戻り、正当な権利を持つ己の土地を取り戻し、母のように優しい心と激しい気性を兼ね備えた美しい女性と結婚して、ホーコン城の部屋を子供たちの歌声で満たすのだ。

そんな夢を見ながら、彼はこの不毛の地で五年間耐え続けてきた。

だが、そこで初めて闇の王に騙《だま》されていたことを知る。

最初から、宣告されたのは五年などではなく、五〝妖精《フェアリー》〟年だったのだ。つまり、闇と氷の国では五〇〇年を意味する。

胸の中で心が氷と化し、頬でひと粒の涙が凍り、夢を見るというささやかな慰めさえも奪われてしまったあの日、彼にとってこの牢獄《ろうごく》はとても美しい場所となった。

「女王様、悪の妖精の王《アンシーリー・キング》が人間を幽閉しています」

妖精の女王《シーリー・クイーン》は使いの知らせにひどく動揺したが、そのことを廷臣たちに悟られないよう無表情を保った。〈光の国の妖精《シーリー・コート》〉と〈闇の国の悪の妖精《アンシーリー・コート》〉のあいだでは、長きにわたり争いが続いていた。アンシーリー・キングは、シーリー・クイーンをずっと挑発し続けている。「捕らわれているのは誰？」女王は冷静に尋ねた。

「エーダン・マッキノンです。ノルウェー王女ソーシー・メアリーとフィンダナス・マッキノンの跡取り息子、スカイ島のホーコン城の主《あるじ》です」

「つまり、スコットランド王、ケネス・マカルピンの末裔《まつえい》」女王は思わず口にしていた。「アンシーリー・キングは貪欲《どんよく》になってきている。狙《ねら》う相手を選ばなくなってきているわ。マカルピンの子孫を己の邪悪な目的に利用しようとするとは。王はその人間とどんな取り引きを？」

「アンシーリー・キングは人間界に〝復讐の手先《ハンド・オブ・ベンジエンス》〟を送り込み、男の一族に死をもたらそうとしたのですが、王の国で五年間過ごすことに同意すれば、仲間の命は助けてやるという交換条件を持ちかけたのです」

「それで、マッキノンはその条件をのんだのね？」

「王は妖精《ようせい》界での五年が、人間界の五世紀に相当することを伏せていたのです。もっとも、マッキノンならたとえ知っていても、マカルピンの末裔として一族を守るために、その条件を受け入れたでしょう」

「王の提示した譲歩案は?」女王は抜かりなく尋ねた。妖精と人間が取り引きするときはどんな場合も、人間は自由を取り戻すチャンスが与えられる。もっとも、そのような取り引きをして、妖精を打ち負かした人間はこれまでひとりもいなかったが。

「幽閉期間が終わると、彼には人間界で言うところの月の一周期という時間が与えられ、自宅であるホーコン城で暮らすことになります。その期間内に、彼が誰かに愛され、彼自身もまたその者を愛することができれば自由の身になれるというわけです。ただし失敗すれば新たな〝ハンド・オブ・ベンジェンス〟として、王がふたたび新たな手先を欲し、彼の命を奪うまで王に仕えることになります」

シーリー・クイーンは怪訝《けげん》そうに、ため息に似た音をたてた。アンシーリー・キングは長きにわたりこうした冷酷なやり方で、とっておきの恐ろしい殺人者――愛すべきベンジェンス――をつくり上げてきた。人間界から男をさらってきては、人間が耐えうる限界を超えた状況へ追いやり狂気に至らしめ、あらゆる感情を麻痺《まひ》させたうえで、特殊な力と技を授けるのだ。

アンシーリー・キングは人間界へ入ることを禁じられていたので、ベンジェンスを訓練し、王の命令を遂行させていた。それがどんな凶悪行為であろうと。人間たちはうっかりこの冷酷な殺人者の注意を引くことのないよう、その名前を口にしようとさえしない。アンシーリー・キングの怒りを買った人間の一族は、罪のない者もろともベンジェンスに罰せられた。妖精に対して不平をこぼそうものなら、ひどく恐ろしい方法で黙らされる。妖精界に刃向かった王家の王はチェス盤のコマのごとく、ベンジェンスにいともあっさり放逐された。

これまでアンシーリー・キングがさらってきたのは、名もない人間ばかりだった。置き去りにされる一族のいない人間を連れてきて、ベンジェンスとして訓練するのだ。でも今回は度を超している、とシーリー・クイーンは思った。汚れのないスコットランドの最も偉大な王の血を引く子孫――誉れ高く高潔で、正直な心を持つ男をさらってくるとは。

彼を元の世界に戻してやろう。

シーリー・クイーンはしばらく沈黙していた。やがて「あんなところに五〇〇年も幽閉されていたら、どうなるの?」と沈んだ声で言った。アンシーリー・キングはうまい取り引きをした。約束の期間を終えて解放されるころ、エーダン・マッキノンはたとえ生きていたとしても、とうてい人間と呼べる状態ではなくなっているだろう。ずっと昔、忘れもしない一度だけ、シーリー・クイーンはあの禁じられた土地を訪れたことがあった。黒い氷の尖峰《せんぽう》でダンスをし、闇の王のベルベットをまとった腕の中で眠り……。

呪文《じゅもん》をかけたつづれ織り《タペストリー》なら――シーリー・クイーンは思った――マッキノンに、魂の伴侶《はんりょ》を与えられるかもしれない。アンシーリー・キングと直接対決するわけにはいかなかった。彼らの魔術が衝突すれば、妖精の国は壊滅的なダメージを受けることになる。だが監禁を解かれたエーダン・マッキノンが必ず恋人を見つけられるよう、あらゆる手を尽くすのは可能だし、彼女はそうするつもりだった。

「女王様」使いがおずおずと話しかけた。「彼らをつなぐのは、夜空に浮かぶ一本の月の橋だけです。夢の中で会わせてやるというのはいかがでしょうか」

シーリー・クイーンはしばらく考えた。夢。誰もが見ながら、それでいていつも忘れてしまうあのとらえどころのない世界で、ときおり人間たちはその真っ白な肩を妖精の虹《にじ》色の羽と並べることができた。彼らは夢の世界で、ときには争いごとの勝ち負けや宇宙の誕生を、ときにはクレオパトラとアントニウスやアベラールとエロイーズのように運命の恋を知り、驚いた。恋人たちは夢の中で逢瀬《おうせ》を重ね、人間界で出会う前に一生分の愛を分かち合う。これはシーリー・クイーンの計画を成功へ導くための、重要な地盤固めとなるだろう。

「いい考えだわ」女王は同意した。流れるような優雅な身のこなしで花の褥《しとね》から起き上がると、両腕を広げて歌い始めた。

彼女が調べを口ずさむと、一枚のタペストリーが織られていった。妖精界に伝わるタペストリー。血と骨を少々加え、マカルピンの玄孫《やしゃご》の絹のような髪が織り込まれていく。真の種族のみが知る儀式だ。女王の歌に合わせて、廷臣たちが呪文を唱える。

夢の奥へ彼らを誘い出したまえ
眠りの中で愛し合い
目覚めたらともに暮らせよ
愛の炎が氷に覆われた男の地獄を溶かすまで

やがてタペストリーが完成すると、シーリー・クイーンは驚嘆した。

「これがエーダン・マッキノン？」いかにも好色な目つきで、タペストリーをまじまじと眺める。

「本人を見たことがありますが、たしかにこれは彼です」使いはそう答えると、視線をタペストリーにすえたまま唇を湿らせた。

「幸運な娘だこと」女王は甘い声でつぶやいた。


シーリー・クイーンは夢の中で彼のもとを訪れた。長く幽閉されているせいで、彼はもはや正気ではなくなっていた。女王はカーブした爪の先を、冷たい彼の顎に這《は》わせながら耳もとにささやいた。「しっかりするのよ、マッキノン。

あなたに魂の伴侶を見つけてあげたわ。彼女があなたを温めてくれる。誰よりもあなたを愛してくれるわ」

氷につながれた怪物は、のけぞって笑いだした。

その声はもはや人間のものではなかった。

2

現代
インディアナ州オールデンバーグ

ジェーン・シリーは郵便配達員に恋にも似た激しい感情を抱いている。

それは典型的な愛憎だった。

歩道を歩いてくる彼の口笛が聞こえると、とたんに胸が高鳴り、口もとに呆《ほう》けた笑みが浮かび、呼吸が速まる。

ところが彼女の原稿のすばらしさを褒めそやす採用通知が届かなかったり、それどころか不採用通知が届いたりすると、ジェーンは彼が嫌いになった。憎しみすら覚えた。心のどこかで彼に責任があると信じていたからだ。もしかしたら、あくまでももしかしたらだけれど、出版社は彼女のことを賞賛する手紙を書いたのに、彼がうっかりどこかに落として風に吹き飛ばされてしまったのかもしれない。そしてこうしているあいだにも、彼女の明るく輝かしい未来はどこかのぬかるみに浸《つ》かって、腐りかけているかもしれなかった。

そもそも連邦政府の職員である郵便配達員自体、どこまで信用できるかわかったものではない、とジェーンは思った。ひょっとしたら彼はなんらかの秘密調査にかかわっていて、精神的苦痛を与えられたひとりの作家の神経がぷつんと切れ、ペンを振りまわす凶悪犯に変貌するのにどれくらいかかるか調べているのかもしれない。

「大げさな描写《パープル・プローズ》の想像だこと、ばかね」ジェーンはそうつぶやいて、いちばん最近届いた不採用通知を丸めた。「ブラックのインクしか使ってないのに。カラーインクのカートリッジを買う余裕なんてないんだから」小さなアパートメントのドアを蹴《け》って閉め、蛇《ナーガ》の革張りが施された中古のリクライニングチェアにどすんと座り込む。

ジェーンはこめかみをもみながら顔をしかめた。とにかくこの話を本にして発表する必要がある。彼を忘れるにはその方法しかない、と彼女は確信していた。

彼。セクシーな黒髪のハイランダー。夢で会いに来る人。

ジェーンはどうしようもなく彼に恋をしていた。

二四歳になり、彼女は真剣に自分が心配になってきた。

ため息をつき、先ほどの不採用通知をもう一度広げてしわを伸ばす。今までの中でもこれは最悪で、その内容は彼女の人間性に対する非難にまでおよび、作品がどう劣っているかや、なぜ不採用になったか、ひいてはいかにばかげた中身か、その理由が事細かく記されていた。「でも彼にキスされたとき、本当に天から美しい調べが聞こえたのよ」彼女は不満げにつぶやいた。「少なくとも夢の中では聞こえたわ」

ジェーンはまた紙をくしゃくしゃにすると部屋の向こう側へ放《ほう》り投げ、目を閉じた。

ゆうべは彼と、理想の恋人とダンスを踊った。

森の空き地でワルツを踊ったのだ。芳《かぐわ》しい森のそよ風が肌をかすめ、頭上に広がる漆黒のベルベットのような夜空には星がきらきらと輝いていた。彼女は揺らめくレモン色のドレスを着て、彼はレースのついた滑らかなリンネルのシャツに、深紅と黒の格子の肩掛け《プレード》をまとっていた。優しくて情熱的な瞳、力強くて巧みな両手、熱くて飢えた舌――。

ジェーンは目を開いて大きなため息をついた。物心がついたときから同じ男性の夢ばかり見ていて、どうやって普通の生活が送れるというの？　子供のころは彼のことを守護天使だと思っていた。ところが彼女が大人の女性に成長すると、彼の存在はそれよりもっと大きなものになっていた。

夢の中で、ふたりは雄大な山の頂で開かれているベルテーン祝祭にいた。ふたつのかがり火のあいだで剣の舞を踊っている人々の輪を抜け出し、ジェーンと彼は錫製のジョッキ《ピューター・タンカード》から蜂蜜酒《はちみつ》をすすった。天井からミラーボールがつるされ、飲み物といえばプラスチックのコップに注《つ》がれたフルーツミックスジュースしかない、高校生の安っぽいダンスパーティーとは比べようもない。

夢の中で、彼は巧みに、それでいてもどかしいほどの優しさでジェーンの処女を奪った。いったい誰が、月曜日の夜になるとアメリカンフットボールの試合観戦ばかりしているビール好きの保険会社の損害査定人や、プロゴルファーのなりそこないに興味がわくというのだろう？

夢の中で、彼は何度もジェーンと愛を交わし、狂おしい愛撫で彼女の純真さを打ち砕き、あらゆる官能的な歓《よろこ》びを目覚めさせた。ジェーンは起きている時間はなんとか普通の生活を送り、生身の男性に目を向けようと努力してはみたものの、結局はただのひとりも夢の中の相手にかなう人は現れなかった。

「救いようがないわね。彼のことは早く忘れなさい」ジェーンは自分に向かってつぶやいた。これを言うたびに一ドル貯金していたら、そのうちニューヨークにあるトランプタワーのオーナーになれるだろう。しかも、その上の空中権も合わせて。

ジェーンはちらりと時計を見て椅子から立ち上がった。あと二〇分で〈スマイリング・コブラ・カフェ〉のウエイトレスの仕事が始まる。また遅刻でもしようものなら、今度こそローラから首を宣告されかねなかった。ジェーンには、執筆や調べ物に没頭したり、ときには単に空想にふけったりしていて、つい時間を忘れてしまう癖があるのだ。

〝あなたって別の時代の人みたいね、ジェーン〟とローラには何度も言われた。

たしかにジェーン自身、生まれてくる時代を間違えたのではないかとずっと感じている。車は持っていないし、欲しいとも思わない。騒音やマンション、高層ビルが嫌いで、自然の風景が残る田園地方やこぢんまりとした一軒家に憧《あこが》れる。辛抱してアパートメントで暮らしているのは、家を買う余裕がないからだ。今はまだ。

ジェーンは自分の野菜畑と果樹園が欲しかった。乳牛を飼って、バターやチーズや生クリームをつくるのもいい。子供も欲しい——男の子と女の子が三人ずついれば言うことなしだ。

たしかにこれでは完全に時代錯誤だ。おおかた石器時代の人間といったところね。ジェーンはみじめな気持ちになった。女友達は大学を卒業するやいなや、経営学の学位とブリーフケースを携えてガラス張りの高層ビルのオフィスに就職し、仕事と夫婦生活と子育てをどれもまんべんなくこなしている。だがジェーンの望みはもっと単純で、英語の文学士号を取得したあとはコーヒーショップで働いていた。彼女の場合、執筆活動に支障をきたさないよう、あまりプレッシャーがかからない仕事であればなんでもよかったのだ。離婚率が急増している原因のほとんどは、女性があれもこれもと欲張りすぎるところにあるとジェーンは考えていた。妻に恋人、親友に母親と、それだけで彼女には手一杯のように感じられた。それに、もし——いえ、〝もし〟ではなくいずれわたしの作品が出版されたら、ロマンス小説の執筆はうってつけの在宅ワークになる。そうなれば仕事もプライベートも文句なしだわ。

そうよ。それにいつかわたしの王子様が……。

一瞬いつもの憂鬱《ゆううつ》な気分に襲われたが、ジェーンはそれを振り払った。キッチンとベッドルームのあいだの狭い通路を自転車を押しながら進み、ジャケットとリュックサックをつかむ。肩越しに後ろを見てコンピューターの電源が切れていることを確認してからドアを開けると、戸口にあった大きな荷物にぶつかった。

三〇分前、例の信用ならない配達員の汗ばんだ手から郵便物をむしり取ったときには、こんなものはなかった。たぶん配達員が戻ってきて置いていったんだわ、とジェーンは思った。それにしても大きな荷物だ。きっと、このあいだインターネット上の古本屋で注文した本が届いたのね。思ったより早かったけれど文句はないわ。

これで数日間は勇敢なヒーローやホットなロマンスや別世界の物語に浸って、至福の時が過ごせそうだ。ジェーンは腕時計をちらりと見てため息をつき、自転車を戸口の側柱にもたせかけてから荷物を引きずってアパートメントの中へ入れた。それから自転車を押して廊下に出ると、ドアを閉めて鍵《かぎ》をかけた。今、荷物を開けるほど愚かではない。そんなことをすればあっというまに表紙を盗み見て、本を開き、空想の世界にどっぷりはまり込んでしまうだろう。

そうなったら、間違いなくローラに首を宣告される。

ジェーンがようやく家に帰ってきたときには、まもなく午前一時になろうとしていた。あともう一杯、好みのうるさい厄介な客に、エクストラショットでハーフディカフェの特大《ベンティ》サイズ、カップは二重、低カロリー甘味料二袋、ノンファットミルクと軽く泡立てたミルクをミックスで、と注文されていたら、相手を殴っていたかもしれない。どうして誰も、昔ながらのコーヒーを飲まないのかしら？　砂糖もクリームもたっぷり入れたほうがおいしいのに。カロリー計算をしているほど人生は長くないのよ。体重計に嫌味っぽく一六二センチの身長にしては太りすぎだと告げられるたびに、彼女は自分にそう言い聞かせていた。

心の中で肩をすくめ、ジェーンは仕事のことを頭から追い払った。もう終わったことよ。今日はじゅうぶん働いたわ。あとはいつもの自分に戻って好きなことができる。ずっと読みたくてたまらなかったバンパイア・ロマンスの新刊を開くのが待ちきれないわ！

歯を磨いてから、ジーンズとセーターを脱いでお気に入りのネグリジェに着替えた。大きめに開いた襟ぐりに小さな雛菊《ひなぎく》と矢車草の刺繍《ししゅう》が施された、フリル付きのロマンティックなデザインだ。荷物の箱をベッドの近くへ引き寄せ、ふかふかの昔風の羽毛布団に脚を組んで座る。金属製の爪やすりで梱包《こんぽう》テープを切ると、中からたまらなく芳しい香りがしてきたので、ジェーンは思わず手を止めてその匂《にお》いをかいだ。ジャスミンに白檀《びゃくだん》、ほかにも何か……なんとも言えないその香りに彼女は懐かしさを感じ、ロマンティックな気分からエロティックな気分へと変化していくのがわかった。ロマンス小説を読むには絶好の時ね。そう思ってから、ジェーンは悲しくなった。ラブシーンが盛り上がってきても、わたしには襲ってくれる相手がいない。

夢の中以外ではまだ無垢《むく》な体の奥では、静かな欲望が常にふつふつと煮えたぎっていた。

ジェーンは苦笑いを浮かべ、箱に敷きつめられた紫色の発泡スチロールの粒の中に両手を突っ込むと、ふたたびその手を止めて、ざらざらする織地をしっかりとつかんだ。眉をひそめてそれを引っ張り出すと、発泡スチロールの粒が床に散らばった。魅惑的な香りが部屋中に広がり、ジェーンは窓が閉まっているのを見て不思議に思った。突然むっとするような風が吹き込んできて、彼女の赤い巻き毛をふわりと浮かせ、ネグリジェをぴたりと体に張りつかせたからだ。

ジェーンは当惑し、折りたたまれた織物をベッドに置いて箱を見た。消印はなく、送り主の住所も書かれていなかったが、上面には部屋番号とその横にブロック体の大きな文字でたしかに彼女の名前が記されていた。

「でも、お金は払わないわよ」そのうち高額の請求書が送られてくるに違いない、とジェーンは思った。「だって、わたしは注文してないんだから」欲しくないものにお金を払うなんてまっぴらよ。欲しいものでさえ、買うのにじゅうぶん苦労しているんだもの。

読むつもりだった新しい本がないことにいらだちを覚えながら、彼女は何気なく織物を持ち上げると、ベッドの上に広げてみた。

そして、口を半分開いたまま動きを止めた。

「まさか」ジェーンは愕然《がくぜん》とした。「こんなこと、ありえないわ」

それは一枚のタペストリーだった。色鮮やかに織られた見事なもので、中世の城を背景に、ハイランドの立派な戦士の姿が織り込まれている。尊大に構え、脚を大きく開いて立つ姿から、彼がその城の主であることは明らかだった。深紅と黒のタータンをまとい、一族の紋章で身を飾って、両手をジェーンに向かって伸ばすように前に突き出している。

これは彼だ。わたしの夢の中の恋人。

ジェーンは目を閉じて深呼吸してから、またゆっくり目を開いた。

やはり彼だった。たくましい腕にあの巧みな両手、青緑色に輝く目、つややかな黒髪に官能的な唇、細部に至るまで何もかも夢で見たままだ。中世で彼のような男性と一緒に暮らせたら、どんなにすてきかしら！肖像のすぐ下に、彼の名前が丁寧に刺繡されていた。「エーダン・マッキノン」ジェーンはそっとささやいた。

妖精界で幽閉され、無事に持ちこたえられる人間はいない。彼らは年老いることなく永遠の時を過ごす。エーダン・マッキノンもまた例外ではなかった。氷の中に閉じ込められ、アンシーリー・キングから創意に富んだ拷問にかけられると、ほんの二〇〇年で彼も自分がかつて誰であったか忘れてしまった。その後の二〇〇年間、王は残忍なやり方で彼を訓練し、仕込むことに専念した。

王は彼にあらゆる土地の言語を習得させ、さらにはどの時代でも怪しまれることなく人間界で動きまわれるように、それぞれの時代の技術や習慣などを教え込んだ。そしてさまざまな武器の使い方や戦い方を訓練し、特殊な力を授けた。

最後の一〇〇年のあいだに王はたびたび彼を人間界へ送り込み、人間を懲らしめさせてきた。人間が持ついまいましい道義心とかいうものを彼から消し去るのが不可能だとわかると、王は邪悪な呪文を使って彼に無理やり任務を遂行させせた。争いで、たとえ人間が計り知れない苦しみや悲しみを背負うことになっても、王には関係のないことだ。アンシーリー・キングが興味があるのは最後の結果だけなのだから。

五世紀が過ぎ、かつてエーダン・マッキノンと呼ばれていた男は、遠い昔、人間界で過ごした三〇年という短い年月の記憶をすべて失っていた。もはや彼は自分が人間であることもわからず、今になってなぜ王が自分をこの地へ追いやったのか、その理由も理解できなかった。

だが、ベンジェンスが完全に自分のものになるのは、彼が最初の取り決めの条件をすべて満たしてからだということを王は知っている。しかし当の元ハイランダーはそんな取り決めなど、とうの昔に忘れていた。その取り決めに従えば、王は彼に対していかなる魔法を使うことも指示を与えることもできず、ベンジェンスは王にいっさい干渉されずに、一カ月をホーコン城で過ごすことになる。

とはいえ、王は提案することはできた。その提案を、よく訓練されたベンジェンスが命令として受けとめることを王は知っていた。ベンジェンスにとってもはや時間はほとんど意味をなさなかったが、王は今が一四二八年であることを一応伝えた。そしてその時代の習慣に関する知識を思い出させ、金貨の詰まった袋を彼に持たせると、慎重に言葉を選びながら〝提案〟した。

「人間界へ行けば、体がものを要求するようになる。何か食べなければいけないが、刺激の少ないものを食べたほうがいい」

「仰せのままに、ご主人様」ベンジェンスは答えた。

「おまえが住むことになる城の近くにカイルアキン村がある。そこへは食料や生活用品を調達しに行くだけで、それ以外は余計な時間を過ごさないほうがいい」

「仰せのままに、ご主人様」

「そして何よりも人間の女と親しくしようとしたり、彼女らに己の体を触れさせたりするのは賢明ではない」

「仰せのままに、ご主人様」重苦しい沈黙が流れたあと、彼は言った。「行かなければならないのですか？」

「ほんの少しのあいだだけだ、ベンジェンスよ」

ベンジェンスは今までいた世界を最後にちらりと見て、なんと美しいところなのだろうと思った。「仰せのままに、ご主人様」

ジェーンはタペストリーを眺めながら表面に指を走らせた。そして彼の顔の部分に触れ、どうして今まで彼の絵を描《か》くことを思いつかなかったのだろうと考えた。起きている時間もこうして彼を眺めていられるなんて本当にすてきだわ！　いったいこのタペストリーはどこから来たのかしら？　どうしてわたしのところへ？　彼が現実にどこかに存在するという意味なの？　たぶん彼は昔の人なのだろう。そしてこのタペストリーは代々受け継がれてきた彼の肖像画なんだわ。何世紀ものあいだ、とても大切にされてきたように見えるもの。

とはいえ、どうやって、あるいはなぜよりによってジェーンのところへ送られてきたのか、その説明にはなっていない。彼女は繰り返し見るハイランダーの不思議な夢のことを誰にも話していなかった。どう考えても、このタペストリーがここへ届くはずがない。途方に暮れたジェーンは頭を振って厄介な問題を追い払い、彼の肖像を愛《いと》おしそうに見つめた。

不思議だわ。ずっと彼の夢を見てきたのに、今まで姓を知らなかったなんて。彼の名はエーダン、彼女の名はジェーン、それ以外は出てこなかったのだ。

夜、夢の中のふたりに会話はなかった。彼らのあいだにあったのは無言の愛――もともとひとつだったふたりが静かに交わる歓びに満ちた愛だ。何も訊《き》く必要はなかった。ただ踊り、愛し合い、そしていつか、そう遠くない日に子供をもうけることだけ。ふたりの愛に言葉は必要なかった。気持ちはしっかり通じ合っているから。

〝エーダン・マッキノン〟ジェーンは心の中で何度もその名前を繰り返した。

彼に思いを馳《は》せ、会いたいと願い、恋い焦がれるあまり、ジェーンはとうとう彼の頬に自分の頬を重ね、体を丸めて肖像にそっとキスをした。ゆっくりと夢の世界へ流されていく途中――彼女はいつも高いところから落下するように一気に深い眠りにつくのだが、その直前に訪れた奇妙な瞬間――銀の鈴を思わせる澄んだ声で、誰かが優しく歌うのが聞こえた気がした。歌詞がはっきりと聞こえ、頭の中に響き渡る。

氷に覆われた地獄から彼を解き放ち
彼の時代でともに暮らせよ
汝《なんじ》、夢の中で彼を愛し
今、目覚めの中で彼を救う

それからジェーンは何も考えられなくなり、夢の波にさらわれた。

3

一四二八年
スカイ島

ジェーンが目覚めると、首に子猫が巻きついて眠っていた。脚を彼女の巻き毛にうずめ、髪をもむように前足を動かしながらしきりに喉をゴロゴロ鳴らして、小さな体を幸せそうに小刻みに震わせている。

ジェーンは瞬《まばた》きをして、寝ぼけた頭をはっきりさせようとした。あの箱の中には子猫も入っていたのかしら？　早く気づいてやらなかったことに罪悪感を覚えつつ、子猫の滑らかな腹部を優しくなでた。箱の中にいたとき、呼吸はどうしていたのだろう？　かわいそうに、きっとお腹《なか》が空《す》いているに違いないわ！　戸棚にツナの缶詰があったかもしれない。もしあれば、この小さな野良猫に分けてあげよう。彼女はそっと腕を伸ばして子猫を首から持ち上げると、寝返りを打って体を横向きにした。

　そして悲鳴をあげた。

「み、湖！」思わず叫んだ。「寝室に湖が！」一メートルと離れていないところで、紺碧《こんぺき》の水が岸辺にひたひたと打ち寄せている。彼女は岸辺で眠っていたのだ。

　ジェーンはびっくりして上体を起こし、頭の中で必死に状況を整理した。ベッドルームはなくなっている。アパートメントもない。タペストリーもない。子猫がいる。ネグリジェは――。

　着ていなかった。

「ないないづくしの夢を見る気分じゃないんだけど」彼女は吐き捨てるように言った。

　紫色の花みたいな物体はある。お城もある。

　お城？

ジェーンは両のてのひらで目をこすった。子猫が鳴きながらしつこく頭をすり寄せてきて、もっとお腹をなでてくれとせがむ。彼女は虎毛《とらげ》の猫を抱き上げると、ぽかんとして城を見つめた。その城は彼女が夢の中で訪れた城とよく似ている。ただ、こちらは今にも崩れそうで、損傷なく残っているのは四分の一ほどにすぎない。

「寝ぼけてるんだわ」小声でつぶやく。「夢の中で目を覚ましただけなのよ。そうでしょう？」たとえ子猫が真珠のような歯をむき出しにして生意気に答えたとしても、彼女はたいして驚かなかっただろう。

けれども子猫は無言だったので、ジェーンは小さな体を抱いたまま立ち上がり、城のほうへ向かって歩きだした。適当な服を着て、靴を履いていると思い込もうとしたが効果はなかった。潜在意識のコントロールもここまでね、と彼女は思った。城のまだ無傷の部分——四角い主塔とそこから延びるひとつの翼棟、その端にそびえる主塔より小さな円塔——をじっと眺めていると、城壁の上ではためく黒い影が目にとまった。そのまま見つめているうちに、はためく影はシャツとなり、シャツは肩に、肩は男性の姿となった。

彼だわ。

ジェーンはその場に立ちつくし、彼をじっと見上げた。

ベンジェンスは、なぜ急に塔のてっぺんにのぼろうと思ったのかわからなかった。知らない城の広間で腰をおろし、生きるのに必要な分だけ食べて、何も見ずに、王の帰りを待っているつもりだった。ところがつい先ほど、突然外に出たいという強烈な衝動に駆られた。しかし、外にいるのは落ち着かなかった。涼しい日陰や氷はなく、派手な色彩と熱気があふれている。それで彼は外に出る代わりに塔の屋上へのぼることにしたのだ。そのほうが、見慣れない景色に囲まれているとあまり感じなくてすむから。

するとあそこに彼女が——若い娘が立っていた。

何も身につけずに。

ベンジェンスは下腹部のあたりが締めつけられるのを感じた。おそらく、さっき食べた冷たくて堅いパンのせいだろう。

遠目にも彼女が美しい娘であることはわかった。炎のように真っ赤な巻き毛が色白の優美な顔を縁取り、背中へ、そして胸へと流れ落ちている。胸は豊かでつんと上を向き、先端は薄紅色に染まっていた。

薔薇《ばら》色に上気した雪花石膏《アラバスター》のような脚、ほっそりした足首、張りのある腿。そのあいだでさらに赤い巻き毛が揺らめいていた。しばらくのあいだ、彼は言いようのない気持ちに駆られ、その娘から視線を引き離せずにいた。

ほんのしばらくのあいだだけ。

娘は小さな猫を胸に抱きかかえた。子猫が気持ちよさそうに抱かれているのを見ていると、ぼんやりとした遠い昔の記憶がよみがえり、彼はまたしても不思議な感覚に襲われた。

それが何か、彼には理解できなかった。

妖精の女は氷のような生き物で、腕や脚は細く体は冷たい。

ところがあの娘は、どうやら氷のように冷たくもなければ華奢《きゃしゃ》でもない。それどころか豊満で、ふっくらと丸みを帯び、柔らかくて……温かそうだ。

〝人間の女と親しくしようとしたり、彼女らに己の体を触れさせたりするのは賢明ではない〟王はそう言った。

ベンジェンスはくるりと背を向け、塔の屋上からおりた。

彼が塔から見おろしているあいだ、ジェーンは口を何度も開いたり閉じたりさせていた。彼は何も言わずに行ってしまった。まるで彼女のことなど知りもしないというように！　夢の中でふたりがずっと恋人同士だったことなど記憶にないとばかりに！

彼が夢でささやいた言葉を借りれば、〝まばゆいばかりに美しい〟わたしの姿が目に入らなかったかのように。たしかにじゅうぶんありうることだが。

まあ、いいわ。ジェーン・シリーはいらだっていた。でも、これでお別れだと思ったら大間違いよ。

4

たとえ夢でも、裸で堂々と城に乗り込むのは少し厄介だ。ひとつには下半身の贅肉《ぜいにく》が気になったし、素足で何かを踏みつけないかも心配だった。

それでジェーンは義憤を感じながらも、ひどく不安そうに見えるようにこっそり忍び込んだ。彼女の胸の先端が風向計なら、ここは明らかに寒々としている。

彼は空っぽの炉床の前に座り、それをじっと見つめていた。ジェーンは火にあたりたくて、うらめしそうに暖炉を見た。外は夏かもしれないが、石壁に囲まれてじめじめした城の中は寒い。夢の中の彼はいつも女性に優しいので、きっと彼女のささやかな願いを聞き入れて火をたいてくれるだろうとジェーンは思った。

そのときふと、これまで夢の中で一度も寒いと思ったことがないのに気づいた。でも、そのことについてはあとで考えよう。この夢はどこかとても奇妙だ。

「エーダン」ジェーンはそっと呼びかけた。

彼は無反応だ。

「エーダン、わたしの愛しい人」もう一度呼んだ。たぶん機嫌でも悪いのだろう。ただこれまで夢の中で一度も不機嫌な彼を見たことがなかったので、ジェーンは当惑した。彼は何かわたしに怒っているのかしら？　わたしが夢のルールに反して突然現れたから？

彼は依然として何も応《こた》えず、じっとしている。

「ねえ」ジェーンはあまり優しいとは言えない口調で呼びかけ、まわり込んで彼の前に立った。急に無防備な感じがしたので、愛情に飢えた子猫をショール代わりにして、まずどこを隠すべきか考えた。胸、それとも……。大丈夫、きっと下は見ないわ。

彼が下を向いた。

ジェーンが鳴いている子猫を下へずらすと、彼は上を向いた。

「ずるいわ」顔を赤らめて言う。「あなたのシャツを貸してよ」今までの夢とはまったく違う展開だ。通常なら、彼の前で服を着ていなくても平気だった。どうせ彼とは愛を交わす仲なのだから。ときにはベッドの中で、あるいは刈ったばかりの干し草の山や美しく澄んだ水辺で、近くのテーブルの上で交わったこともある。でも今の彼は上下とも服を着ていて、いつもと勝手が違う。「お願い」彼女は手を差し出した。

彼が肩をすくめて立ち上がり、リンネルのシャツの紐《ひも》をゆるめ始めると、ジェーンは息をのんだ。彼が片腕を頭上に上げ、シャツの襟首をぎゅっとつかんで頭から引き抜くのを見て、ごくりと唾《つば》をのみ込む。「ああ、エーダン」低い声でささやいた。すばらしいわ。体には傷跡ひとつなく、腕や胸、張りつめた腹部ではしなやかな筋肉が波打っている。彼女は夢の中で、その滑らかな波のすべてにキスをした。彼女のハイランダーの純然たる美しさに、ジェーンはみぞおちを殴られたような衝撃を受け、膝から力が抜けそうになった。

「さっきからなぜそのような名前で呼ぶのか知らないが、わたしはベンジェンスだ」ごつごつした岩に鋭い刃で切りつけたような声だった。

ジェーンはびっくりして口をぽかんと開けた。「ベンジェンス？」目を丸くして彼の言葉を繰り返す。「これは夢なんでしょう、エーダン？」いつもの夢とは完全に様子が違っていた。夢の中ではすべてがぼんやりしていて周囲の線もぼやけているのに、今は水晶のように澄みきって、とてもはっきりしている。はっきりしすぎだわ。ジェーンはあたりを見まわして眉をひそめた。

城の中はひどい状態だった。わずかな家具は埃《ほこり》やすすに覆われ、天井の垂木から蜘蛛《くも》の巣が垂れ下がってゆらゆらと揺れている。窓にはガラスもなければカーテンもなく、高価なタペストリーも豪華な絨毯《じゅうたん》もなかった。何もない炉床の前に傾いたぼろぼろのテーブルがあり、その前に今にも壊れそうな椅子が一脚ぽつんと置かれている。蠟燭《ろうそく》もなければ電球もない。殺風景で薄暗く、とてつもなく寒かった。

彼はしばらく彼女の質問の意味を考えていた。「夢などというものは知らない」彼の知っている世界には、もうずっと現実しか存在しなかった。闇と氷と彼の王。そしてときおり襲う痛み。理解できない痛み。どんな代償を支払ってでもその痛みを避けるすべを彼は習得していた。「それに、おまえは人違いをしている」

ジェーンは傷つき、どうしていいかわからず大きく息を吸った。どうして人違いだなんて言うの？　たしかに彼だ。でも何かが違う。ジェーンは目を細めて彼をじっと見た。垂れ下がったつややかな黒髪――夢と同じ。彫りの深い顔立ちに輪郭がはっきりした顎――これも同じ。きらきらと輝く南国の波の色をした目――これは違う。輝いているのは、まるで瞳の奥におりた霜のようだった。官能的な唇は極度の寒さにさらされたみたいに、かすかに青みを帯びている。彼のすべてが冷えきっているようだ。実際、氷を彫って、人間らしく見えるように色づけしたのではないかと思うほどだった。

「いいえ、人違いではないわ」彼女はきっぱりと言った。「あなたはエーダン・マッキノンよ」

アクアマリンの瞳の奥が一瞬かすかに光ったが、すぐに光は消えてしまった。

「そのばかげた名前で呼ぶのをやめてくれ。わたしはベンジェンスだ」低い声が石造りの広間に響き渡る。彼はシャツをジェーンに突き出した。

彼女は受け取ろうとさっと手を伸ばした。ひどく動揺していた。とにかく何か着るものが、彼の氷のような視線から身を守るための鎧《よろい》が必要だ。ふたりの手が触れたとたん、彼が手を引っ込めたので、シャツが床に落ちた。

ジェーンは二重に傷つき、しばらくのあいだ彼を見つめていたが、やがて視線をそらして子猫を床におろした。子猫はすぐさま足首にまとわりついて喉を鳴らした。彼女は焦ってもたつきながらもシャツを頭からかぶり、裾《すそ》をできるだけ下へ引っ張った。立ち上がると、柔らかいシャツはほぼ膝までの長さがあった。襟ぐりが大きくへそのあたりまで開いている。あわてて紐を締めたが、胸はほとんど隠れなかった。

彼はそこから目が離せずにいるようだ。

ジェーンはすばやく深呼吸を一回すると、子猫をよけて彼に近づいた。

彼がさっと片手を上げた。「止まれ。わたしに近寄るな。ここから去れ」

「エーダン、わたしのことを全然覚えてないの?」ジェーンは沈んだ声で訊いた。

「わたしはおまえと会った覚えなどない、人間よ。ここはわたしの場所だ。出ていけ」

ジェーンは目を大きく見開いた。「人間？」彼女は繰り返した。「出ていけですって？」鋭い口調で訊き返す。「いったいどこへ行けばいいの？　どうやって出ていけばいいのかもわからないのに。どうやってここに来たのかもわからない。まったく、自分が本当にここにいるのかも、ここがどこかすらもわからないんだから！」

「おまえが出ていかないなら、わたしが出ていく」彼は立ち上がって広間を出ると、隣の翼棟の陰の中にすっと消えていった。

ジェーンは彼のいた場所を呆然《ぼうぜん》と眺めていた。

ジェーンはしばらくのあいだ湖を見つめてから、指を浸けてなめてみた。子猫は尻をついて座り、ふわふわのしっぽをぴくぴくさせて興味深げに彼女の様子をうかがっている。

塩の味がした。ジェーンを取り囲んでいるのは湖ではなく海だった。どの海？　スコットランドと接しているのはなんという海だったかしら？　昔から地理は苦手だ。幸い、家には毎日迷わず帰ることができたけれど。でも、と彼女は思った。今まで夢の中で、わざわざ地理について考えたことなど一度もなかった。これもまた、この夢がいつもとまったく違うことを示している。

ジェーンは岩だらけの海岸にぐったりと腰をおろし、脚を組んで頭を振った。わたしの頭が完全におかしくなってしまったか、初めて夢の恋人の悪夢を見ているかのどちらかだわ。

座ったまま額をさすり、必死に頭を働かせた。穏やかな歌声がぼんやりと耳によみがえる。たしか彼を救えとかどうとか……彼の時代がどうのとか言っていた。

ジェーン・シリー、とうとうここまで来てしまったわね。彼女は自分をたしなめた。ロマンス小説の読みすぎよ。ヒロインがタイムスリップするのは本の中の話。それも行き着く先はたいてい中世——ああ、もう!

彼女はよろめきながら立ち上がると、くるりと城のほうへ向き直り、周囲をじっくり見渡した。城の左手、数百メートルほど離れたところに村があり、藁《わら》葺《ぶ》き屋根に漆喰《しっくい》の壁の小屋から煙が空に立ちのぼっていた。

まさしく中世の村をほうふつさせる景色だ。

ジェーンは思いきり頬をつねった。「痛っ!」やっぱり痛い。だからどうだというの? 「ありえないわ」彼女は自分に言い聞かせた。「夢に決まってるじゃない」

〃氷に覆われた地獄から彼を解き放ち、彼の時代でともに暮らせよ。汝、夢の中で彼を愛し、今、目覚めの中で彼を救う〃あの歌だ。さっきはなんのことかよくわからなかったが、今ははっきり思い出した。

「ありえない」ジェーンは自嘲《じちょう》した。

でも、もし本当だったら? 心の中の小さな声が期待するように問いかける。例の謎のタペストリーの力で、本当に中世にタイムスリップしたのだとしたら? しかも明確な指示を与えられて。彼を救えば、彼と一緒に暮らすことができる。彼の時代で。

ジェーンは鼻を鳴らして頭を振った。

それでも依然としてあの小さな声は消えず、説得力のある理屈を並べた。可能性は三つ。夢を見ている。頭がおかしくなった。あるいはこれは現実。もし夢を見ているのなら別に問題はないわ。このままこの世界に飛び込めばいい。頭がおかしくなっているのなら、そうね、これも別に問題はないからこのまま飛び込めばいい。でもこれが現実で、本当に彼を救わなければならないとしたら、問題だらけだわ。今すぐ飛び込まなくては。

「どうかしてるわ」ジェーンは声に出して言った。「タイムスリップなんて、ばかね」

ただ、心の声が言うことにも一理ある。しばらく疑念を捨て、この状況を受け入れて行動したからといって、失うものはない。現状を理解するには、そこに身を投じるしかないように思える。それにもし本当に夢なら、いずれは目が覚めるはずだ。

それにしても、とまわりの景色を眺めてジェーンは思った。何もかもまるで本物みたいだ。これまで見たどの夢よりも、はるかに現実に近い。釣り鐘の形をした紫のかわいらしい花々が甘い匂いを放っている。海から吹く風が潮の香りを運んでくる。身をかがめて子猫に触れると柔らかく滑らかで、鼻が少し濡れていた。これが夢だとしたら、今まで見た中で最も緻密《ちみつ》ですばらしい夢だ。

ということは、この〝夢〟の中でエーダンと愛を交わすのは、どんなに緻密ですばらしいのだろう？　それだけでもじゅうぶん、この世界に飛び込む価値はある。

さっきからずっとお腹が鳴っていたが、これも今までの夢では一度もないことだ。ジェーンは覚悟を決めて城へ引き返した。その横を子猫が跳ねるようについてきて、ときおり現れる蝶《ちょう》に向かって小さな前脚を振りあげては、走って彼女に追いつくというのを繰り返していた。

まずはすべてを受け入れる心を持つのよ。大広間に足を踏み入れながら、ジェーンは決意した。今が何年で、ここがどこなのか、彼に訊いて確かめよう。それから彼がどうしてわたしを知らないのか、どうして〝ベンジェンス〟と名乗るのか、その理由も調べてみよう。

エーダンはさっきと同じく座って、空っぽの暖炉を見つめていた。ゆったりした黒のズボンとブーツを履き、たくましい上半身はむき出しにしたまま、まるで死んだようにじっとしている。

ジェーンが彼の前のひんやりした石の床に腰をおろすと、彼は危険なまでにぎらついた目を向けてきた。「出ていったものと思っていた」うなるように言う。

「言ったでしょう、出ていき方を知らないの」彼女は端的に応えた。

ベンジェンスは彼女が言ったことの意味について考えた。王はわざとここに人間の女を置いていったのだろうか？　もしそうだとしたらなぜ？　これまで人間界へ送り込まれるときは、常に明確な指示、つまり遂行すべき具体的な任務についての指示が与えられていた。だが今回は違う。どんな争いを引き起こすのか、誰の耳に嘘《うそ》を吹き込むのか、誰を懲らしめるのか、あるいは殺すのか、彼は何も知らなかった。もしかすると、これは自分を試す王の手なのではないかとベンジェンスは思った。王が自分に何を期待しているのか、それを見極められるかどうかを確かめる試験なのではないか、と。

ベンジェンスは彼女をじっと見た。たしかに彼はこの人間の女に興味を覚えている。彼女はこれまで目にしてきたものとは対照的な存在だ。あふれんばかりの生気。燃え立つような赤い髪に美しい曲線を描く体。磁器のごとく白い肌に薔薇色の唇。輝く琥珀《こはく》色の瞳は黒いまつげに縁取られ、目尻はややつり上がっている。顔の表情も豊かで、口もとが上下左右によく動く。ふと気づくと、ベンジェンスは彼女に触れたらどんな感じがするのだろうと考えていた。見た目のとおり柔らかくて温かいのだろうか？

「火をたいていただけないかしら？」彼女が言った。

「わたしは寒くない。おまえも寒そうには見えない」彼女の全身をくまなく見つめ、ベンジェンスは答えた。彼女はこれまで目にしてきたどんなものよりも温かそうに見える。

「そう、でも寒いのよ。火をたいて。お願い、早く」断固とした口調だった。

一瞬ためらってから、ベンジェンスは命令に従い、煉瓦《れんが》を積み重ねて手早く火をおこしたが、そのあいだも彼女から決して目を離さなかった。彼女の胸には大いに興味をそそられる。擦りきれたリンネルの下の膨らみの何がそこまで自分を引きつけるのか、彼には理解できなかった。自分の体に同じものがついていたら脂肪だらけの贅肉にぞっとしていただろうが、彼女をじっと見ていると、重そうな丸みに触れ、両手で包み込みたくて、気づくと手を握ったり開いたりしていた。ただの人間にしては、彼女には強力な存在感がある。こういう小娘が実はとても危険なのかもしれない。何しろ妖精のような小さい者の中にも、言語に絶する痛みを負わせることができる者がいるのだから。

「ありがとう」そう言って、彼女は炉床で炎が燃え立つまで両手をこすり合わせていた。「それって泥炭《ピート》でしょう？　本で読んだことがあるわ」

「そうだ」

「面白いわね」考え込むようにして彼女がつぶやく。「思っていたのと違うわ」

そう言うと急に顔を上げ、彼をじっと見た。「このお城の名前は？」

「ホーコン城」そう答えてから、ベンジェンスははっとした。なぜ知っているのだろう？　この仮住まいの屋敷について、王からは何も聞かされなかったのに。

「ここはどこ？」

これもまた、彼が答えを知らない質問だった。「イリアナ・ヒョー」

「どこですって？」彼女はぽかんとして訊き返した。

「ゲール語で〝霧の島〟という意味だ。ここはスカイ島だ」きっと昔、王から教わったのだろう。いざというときのために。彼はどんな土地やどんな時代でも対応できるよう訓練を受けていると、王からよく聞かされていた。

ジェーンはひとつ深呼吸をした。「今は何年？」

「一四二八年だ」

彼女は大きく息を吸った。「ここにはどれくらい住んでるの？」

「住んでいるのではない。月の一周期のあいだ、ここにいるだけだ。ここへはゆうべ着いた」

「じゃあ、どこに住んでいるの？」

「質問が多い」彼は少しのあいだ考えていたが、質問に答えても差し支えはないだろうと判断した。なんといっても、自分はベンジェンス——強靭《きょうじん》で完全無欠の、非常に危険な生き物なのだ。「王とともに彼の国で暮らしている」

「それはどこにあるの？」

「妖精界だ」

ジェーンは喉をごくりと鳴らした。「妖精？」弱々しい声で訊き返す。

「そうだ。わたしの王はアンシーリー・キング。わたしは王に仕えるベンジェンスだ。わたしは完全無欠だ」あとから思いついたかのようにつけ加える。

「それはどうかしら」ジェーンはぼそりとつぶやいた。

「いや、本当だ。わたしは完全無欠だ。王がそう言っていた。わたしはこの世の生き物の中で、最も恐れられる戦士となるだろうとおっしゃった。ベンジェンスという名は伝説の中で永遠に生き続けると」

「寒いわ」ジェーンはつらそうな表情を浮かべて、そっけなく言った。

するとと彼は射るような目つきで彼女を見た。髪、顔、胸に順番に目をやったあと、視線をさらに下へ落とし、むき出しの脚とほっそりした足首をじっと見つめる。「おまえはわたしが考えていた人間とはまったく違う」彼はようやく口を開いた。

続けるのよ、とジェーンは自分に言い聞かせた。どうせ何も理屈に合わないんだから、彼の言ったことにつき合って様子を見ましょう。「あなたはわたしが考えていた妖精とは違うわ」軽い調子で言う。「ぴかぴか光る小さな羽はついてないの？」

「わたしは妖精ではないと思う」彼は言葉を選ぶようにして言った。

「ということは人間なの？」ジェーンは迫った。

彼は困ったような顔をしてから、小さく首を振った。

「妖精でも人間でもないなら、いったいなんなの？」

彼は眉をひそめ、もぞもぞと体を動かしたが、質問には答えなかった。

「ねえ？」ジェーンは答えを促した。

長い沈黙のあと、彼はようやく口を開いた。「娘よ、そのシャツを返してもらいたい。服なら廊下の先の円塔にある」彼女の後方を指さす。「さあ、行け」

「話はまだ終わってないわ、エーダン」ジェーンは目を細めて言った。

「ベンジェンスだ」

「質問をやめるつもりはないわよ、エーダン。訊きたいことがたっぷりあるんだから」

彼は肩をすくめて立ち上がり、ゆっくりと窓のほうへ歩いていって彼女に背を向けた。

「それと、お腹が空いてるの。わたしは空腹だと不機嫌になるのよ。食べるものはあるんでしょう？」

彼は平然として黙っていた。しばらくすると彼女が鼻を鳴らし、大きな足音をたてて服を探しに行くのが聞こえた。

〝妖精でも人間でもないなら、いったいなんなの？〟彼女が去ったあと、その問いが宙に浮いていた。彼には答えられなかった。

本当に答えを知らないからだ。

5

彼女は要求が多かった。

彼女の言う〝最低限の必需品〟とやらを調達するために、結局ベンジェンスはカイルアキン村まで三往復するはめになった。彼女に出ていく意志がないのは明白だ。それどころか、ここにいるあいだは贅沢に浸ってのんびりと過ごすつもりのようだ。ただ、王がベンジェンスには内緒にしておこうと決めたなんらかの計画の一部として、彼女をここに置いているのかもしれない。それに、呼び戻されるまではこの城で暮らすよう王から言われている以上、彼としてはこの仮住まいで彼女と共同生活をするしかなさそうだ。ベンジェンスはひどく落ち着かない気分で、王が自分に何を期待しているのか、それがわかりさえすればと思わずにはいられなかった。ここにいる理由もわからないのに、王のために動けるわけがないではないか。

最初にカイルアキン村に出かけたとき——ベンジェンスが自分の意志で行ったのは、彼女が円塔でトランクを引っかきまわしているあいだに出かけたこの一回目だけなのだが——彼が買ってきたのは前日の売れ残りのパンのみで、今夜の食事はこれでいいだろうと思っていた。熱気と色彩豊かな村の風景にはいらいらしたが、心をかき乱す彼女の存在から逃れることができてベンジェンスはほっとしていた。そして愚かにも、食料を調達してくればあのひっきりなしにまわる彼女の舌を止められるものと信じていた。

ベンジェンスが何も言わずに〝買い物〟に出かけたことを知った彼女は、つやめく豊かな巻き毛を振り払い、顔をしかめて、パン以外のものも調達してくるよう命じた。二回目に出かけたとき、彼は王から渡された金貨をかなりつかい、新しい毛糸の服——たぶん今あるのはちくちくして肌触りがよくないということなのだろうが、そもそも彼にはそんなものは必要なかった——肉、チーズ、果物、羽根ペン、インク、そして分厚くて、とてつもなく高価な羊皮紙を三枚購入した。羊皮紙と羽根ペンを買ったのは、彼女が自分は〝作家〟で執筆を一日たりとも休むわけにはいかないと主張したからだ。彼女が誇らしげに文字を知っていると言ったとき、ベンジェンスは最初不思議に思ったが、おそらく人間という無能な生き物にとっては珍しいことなのだろうと理解した。彼は自分のほうがはるかに言語に通じていると考えていたので、彼女がまだ読み書きを練習しなければならないのだとすれば、実に気の毒なことだと思った。

彼女は二回目の買い出しの成果にとくに感動することなく、羊皮紙の小さな切れ端に几帳面に書きとめたリストを彼に渡して三回目の買い出しに行かせ、追加の羊皮紙、コーヒー豆もしくは濃い紅茶、大釜《おおがま》、大きめのマグ、食器、掃除用のぼろきれと酢を一式、柔らかい毛糸の服、羽毛入りのマットレス、ワイン、そして〝海で魚釣りをしたくなければ〟あの役立たずの毛むくじゃらの小動物にやる新鮮な魚を仕入れてくるよう言った。

ベンジェンスともあろう者が小娘に顎でこき使われるとは。しかも、ネズミ捕りの餌《えさ》まで買ってこいとはどういうことだ。

とはいえ、彼女は魅惑的だった。とくにたくさんのトランクのひとつから引っ張り出してきた淡いピンク色のネグリジェをまとっている姿は。いらいらしているとき、あるいは必要なものを書き出しているとき、彼女の目は輝き、身ぶりで説明するときは胸が小さく揺れた。そして急に甘い声を出して態度が優しくなったかと思うと、腰をかがめて子猫の耳の後ろをかいてやったりする。

その様子を見て、あのほっそりした指が自分の髪に差し入れられたらどんな感じがするのだろう、とベンジェンスは思った。

彼女のような人間に対してなんの心の準備もできていなかったベンジェンスは、なぜ王は事前に警告してくれなかったのだろうと考えた。ときに人間がこれほど……興味をそそる存在になりうることを。過去の旅でこんなに心を引きつけられた人間はいなかったし、王は常に人間は下品で陰気で愚かな生き物であり、ベンジェンスのような高貴な者にたやすく操られてしまう存在だと話していた。

ベンジェンスは彼女にこき使われすぎて、現在の状況を少しも操れていなかった。火をたけ、シャツを貸せ、これを買え、あれを買え、だと？　まったく！　次は何を言いだすやら。彼は妖精の王の恐るべき怒りの手先であるというのに、知るのが怖いような気さえした。

「キスして」

「なんだって？」彼はぽかんとして言った。

「キスして」彼女は繰り返し、促すように小さくうなずいた。

ベンジェンスは思わずあとずさりして心の中で逃げる自分をののしったが、どういうわけかこの気性の激しい女といると、島の最果てまで逃げたいという衝動に駆られた。彼女に指示されるまま、ベンジェンスは重たい羽毛入りのマットレスを叩《たた》いて膨らませ、城内の硬いベッドの上に並べた。彼女は楽しそうにその上に毛布と、彼が買うつもりのなかったグリーンのベルベットの高級な上掛けを広げている。上掛けは店主に無理やり買わされたものだ。その店主はホーコン城に女が住んでいると聞くと喜び、興奮して訊いてきた。〝あなた方はホーコン城にお住まいの新しい領主殿と奥様ですか？〟ベンジェンスは店主をにらみつけて金貨を投げつけると、上掛けをひっつかんでそそくさと店から出た。

王が何も命令しなかったことに、ベンジェンスはだんだん腹が立ってきた。

彼《か》の地、闇の王国では、彼は自分が誰で何をすべきなのかわかっていた。ここでは王からの説明はひと言もなく、彼には理解できない、息も詰まるようなけばけばしい世界にひとり置かれて途方に暮れていた。

このうえ、あの小娘はまだベンジェンスに何かしてほしいと言っている。それがなんのことなのかはっきりとはわからなかったが、おそらく自分にとってよいことではないだろうと彼は思った。彼女は物理的な快適さのことで頭がいっぱいなのだ。その先には――王がよく言っていたが――弱さと愚かさと破滅が待ち受けているというのに。ベンジェンスには物理的な欲求はほとんどなく、ただ食べるものと水、そしてときおり休む時間がありさえすればよかった。

「キスして」そう言って、彼女はふっくらした唇をすぼめた。ベルベットの上掛けを最後にもう一度なでつける。「そうすれば思い出すかもしれないわ」

「いったいキスとはなんのことだ？」彼はいぶかるように尋ねた。

彼女は目を見開き、信じられないというようにベンジェンスをじっと見つめた。「キスが何か知らないの？」大きな声で訊く。

「知るわけがない。人間界のものだろう？」

彼女は考え込むように首をかしげた。しばらくすると結論に達したらしく、前に進み出てベンジェンスに近づいた。彼は今度は一センチたりとも下がるまいとして、平然とその場を動かなかった。

「ただあなたの唇にわたしの唇を重ねたいだけよ」彼女は無邪気で屈託のない笑みを浮かべて言った。「こうやって口をすぼめて」彼女が手本を示すと、唇をとがらせたそのなまめかしい表情を見て、ベンジェンスは下腹部の奥のほうが締めつけられる感じがした。

「やめろ。わたしに触れるな」彼はこわばった口調で言った。

彼女がさらに顔を近づけた。真っ赤な髪から甘い花のような香りがほのかに漂ってくる。その香りをかいだとたん、ベンジェンスは彼女の髪に顔を押しつけ、思いきり息を吸い込んで、銅色の巻き毛をなでたい衝動に駆られた。

彼は背中をそらした。幸い彼女は背が低く、ベンジェンスの協力なしでは彼の顔に届かなかった。もしくは踏み台なしでは。

「頑固なんだから」そう言って、彼女は大きなため息をついた。「いいわ、それなら話をしましょう。わたしたちには話すべきことがたっぷりあるんですからね」彼女はひと息つき、「キスを知らないなんて」と小声でつぶやいて頭を振った。「今までの夢では、こんなこと一度もなかったのに」ベッドの端に腰をおろして脚をぶらぶらさせながら、隣の空いている場所を軽く叩く。「ほら、ここに座って」

「断る」ベンジェンスは、しなやかな動きでベッドに飛びのってベルベットの上掛けの上を走りまわる子猫をにらみつけた。「おまえか、その薄汚い毛むくじゃらのかたまりか――どっちのほうが役立たずか、わたしにはまったくわからない。少なくとも猫は、そんなふうにいつまでもべらべらとしゃべるようなことはしない」

「でも、猫はキスもできないわ」彼女はいたずらっぽく言った。「それから薄汚くなんかない。わたしの子猫をばかにしないで」弁護する口調でつけ加える。

「おまえは自分のそのキスとやらを高く買っているようだが、わたしはたいして価値があるとは思わない」ベンジェンスはあざけるように言った。

「それはあなたがまだわたしにキスをしていないからよ。すればわかるわ」

ベンジェンスは心ならずもベッドの足もとのほうへ歩いていき、彼女の脚のあいだに立った。そして彼女を見おろした。彼女が子猫を抱き上げ、ふわふわした頭に唇を押し当てる。ベンジェンスは目を閉じて、頭の中に次々と浮かんでくる意味不明の光景と闘った。

「たぶん、あなたは怖いのよ」彼女が優しく言う。

ベンジェンスは目を開いた。「怖くはない」

「それならどうして、こんなたわいないことをやらせてくれないの？　ほら、子猫だって平気な顔をしてるじゃない」

ベンジェンスは一瞬返答に窮したが、やがてそっけなく言った。「わたしに触れてはならない。そういう決まりだ」

「なぜ？　誰が決めたの？」

「わたしは王に従うまでだ。おまえには関係ない。いちいち理由を訊くな」

「関係あるわ。あなたは自分の意思がある人だと思っていた。戦士か指導者だと。でも、あなたはそのへんのちっぽけな操り人形みたいに、命令に従うだけなのね」

「操り人形？」

「人間の格好をした木の人形よ。ご主人様に糸であっちやこっちに引っ張られるの。あなたはただの僕《しもべ》でしょう？」

彼女のさりげない冷笑にベンジェンスは腹が立ち、怒ってあとずさりした。いったい誰が僕だと？　わたしはベンジェンスだ。完全無欠で強靱な……そうか、わたしは王の僕だ。何をいらついている？　わたしは誰の奴隷でもなく、自らの指導者だったではないか。しかし、この妙な感覚はなんなのだろう？

「どうして彼に従うの？」彼女は詰め寄った。「その王様はあなたにとって、それほど大事な存在なの？　彼はあなたにそんなによくしてくれるの？　王様のことを話してちょうだい」

ベンジェンスは開きかけた口をふたたび閉ざし、無言で部屋をあとにした。

「どこへ行くの？」彼の背中に向かって彼女が尋ねた。

「食事の支度をしてくる。食事がすんだら、おまえは寝るのだ。もうわたしにかまうな」ベンジェンスは肩越しに低く絞り出すような声で言った。

ジェーンはベッドで、子猫を除けばひとりで食事をすませた。エーダンは暖炉の火であぶった魚と、明らかに炭の中で焼いたとわかる真っ黒なじゃがいもに同じく黒焦げになったかぶを添えたものを運んでくると、無言で部屋から出ていった。塩はない。ぱさぱさのじゃがいもにつけるバターも、魚料理に垂らすレモン汁一滴すらも。

やはりこれは夢ではないのだろう、とジェーンは少しずつ認め始めた。今まで夢の中でこんなにまずい料理が出てきたことは一度もない。それによく考えてみると、これまで何度も夢でごちそうの席についたことはあったものの、どれも実際に口にしたことはなかった。今こうして、やっとの思いでのみ込んでいるのは、精神的に疲れ果て、自分で料理をする気になれないからだ。明日からどうするかは、明日になってから考えよう。

ジェーンは心の中で謝りながらしっぽの下をのぞき込んだあと、そのいかにも誇らしげに尻を振って歩きまわるさまから、虎毛の子猫に色っぽい女《セックス・ポット》と名づけた。彼女が自分の置かれた状況に頭を悩ませているあいだ、セックスポットは魚の切り身をむさぼり、食事が終わると、唾液《だえき》で湿らせた小さな前足でせっせとひげを磨いていた。

エーダンがキスを知らないことにジェーンは驚いたが、考えれば考えるほど、それももっともな話だと思うようになっていた。

彼は自分がエーダンであることを知らないだけでなく、男性であることすら覚えていないのだ。これでは親密な愛の行為を思い出せるわけがないわ！

ということは、彼はまだ童貞なの？　最終的にふたりが愛を交わすことができれば――どんな形にせよ、いずれ必ずその日は来る、たとえわたしが待ち伏せして彼を襲うことになったとしても――それがどういうものか彼にもわかるかしら？　夢の中ではエーダンが疲れ知らずの指導者だったことを考えると、わたしが彼に教えるというのは妙な気もするけれど。

彼は挑発されるのが嫌いなようね、とジェーンは思った。王に追従しているとばかにされるとエーダンは動揺し、自分がただの僕にすぎないという考えには明らかにいらだっていた。そういう反応を利用できそうだが、あのとてつもなく頑丈な殻の中に入り込むのは容易ではないだろう。彼に何があったのかわかればいいのだけれど。エーダンから〝王〟のことをもっと聞いて、彼らがいつ、どうやって出会ったか知らなければ。もし本当に〝妖精の王〟というものが存在するなら、その王に彼は魔法をかけられたのかもしれない。にわかには信じがたい話だけれど、今はとりあえず疑念を捨てるしかない。何が起きているのか、もう少し明確な結論が出るまでは、どんな可能性も無視できない。

彼に何があったにせよ、わたしが元に戻してあげなくては。あまり時間がかかりませんように。あんなふうに疑いと嫌悪に満ちた目でにらみつけてくる魂の伴侶に、いつまで我慢できるかわからない。キスもしてくれず、彼女に触れられるのを拒み続ける彼に。

〝あなたに与えられた時間は一カ月。彼と一緒にいられるのはそれだけよ〞女性のささやき声がした。

ジェーンの目の前で毛づくろいをしていたセックスポットの前足がぴたりと止まった。子猫は体を丸め、シャーッと大きな声をあげた。

「な、なんなの？」ジェーンはきょろきょろと部屋を見まわした。

〝これが現実ではないというばかげた妄想を捨てなさい。あなたは一五世紀にいるのよ、ジェーン・シリー。成功すれば、いつまでもそこにいられる。あなたに与えられたのは夜空に浮かぶ月の一周期だけ。そのあいだに、彼に自分が誰かを思い出させるの〟

　ジェーンは口をぱくぱくさせたが、声が出てこなかった。セックスポットのほうはずっと低いうなり声を発している。子猫の背中の逆立った毛を優しくなでながら、彼女は唇をなめ、ごくりと唾をのみ込んだ。「そんなの無理よ。彼はわたしとろくに口もきいてくれないのよ！　いったいあなたは誰なの？」わたしったら、姿のない声と話しているわ。ジェーンは当惑した。

〝わたしが何者かはわかっているの。わかっていないのは彼のほう。だから、彼の心配をしてあげなさい〟

「わけのわからないことを言わないで。あなたは誰？」彼女は声を荒らげた。

　返事はなし。しばらくして、逆立っていたセックスポットの背中の毛が平らになり、謎の声の主はいなくなったようだった。

「いったいわたしはどうすればいいのよ？」ジェーンは叫んだ。エーダンに何があったか調べて、自分が誰かを思い出させるのに、一カ月は決して長くはない。誰がそんなルールを決めたの？　ひとつかふたつ文句を言ってやりたい。

　戸口にエーダンが現れ、あわてた様子で部屋を見まわした。ジェーンがひとりで、とりあえず無事であることを確認すると、彼は言った。「大声を出して、どうしたんだ？」強い口調で尋ねる。

戸口に立つエーダンの姿を、ジェーンはじっと見つめた。開いた窓から差し込む銀色がかったひと筋の月明かりが彼を照らし、彫像のようなむき出しの胸が彼女に触れてほしいと懇願している。

ジェーンはふと、今では心から信じているふたつの疑いようのない事実を思い出した。あの女性が言ったようにここは本当に一五世紀で、もしジェーンがエーダンを助けて記憶を取り戻させないと、彼の身に恐ろしいことが起こる。このまま氷みたいに冷たい、人間ではない生き物として生き続け、やがて死ぬの？　もしかすると、今よりもっとひどいものに変わってしまうのかもしれない。

「ああ、エーダン」言葉を喉に詰まらせながらジェーンは言った。彼女の愛と憧れと恐怖のすべてがその名前にこめられていた。

「わたしはベンジェンスだ」彼が怒鳴った。「いつになったら認めるのだ？」

エーダンがくるりと背を向けて大股で部屋から出ていくと、ジェーンは長いあいだ座ったまま部屋を見まわし、改めてひとつひとつをじっくり眺め、たとえ一瞬でもどうしてこれが夢だと思ったのだろうと自分を責めた。何もかもがこれほど本物らしく見えるのは、本当に本物だからよ。

ジェーンはベッドに仰向けになり、静かにあふれる涙越しに蜘蛛の巣だらけの天井を見つめた。「あなたを失いはしないわ、エーダン」彼女はささやいた。


数時間後、ベンジェンスはベッドの足もとに立ち、眠っている彼女の姿を見ていた。しばらく広間の床で浅い眠りについていたが、目を覚ますと彼はひどく動揺していた。ここでの眠りは妖精界でのもの——神経が張りつめ、たいていは意識がある状態の短時間の睡眠——とは違っている。いや、それどころか、いつもより長い時間深い忘却の淵《ふち》に沈み、彼の意識は眠ったまま不思議な旅に出ていた。目が覚めたとたん泡が急にはじけるように、訪れた場所の記憶がなくなり、何か大事なことを忘れてしまったという感覚がずっとつきまとう。

困ったあげく、ベンジェンスは彼女のところへやってきた。彼女は仰向けになり、手足を投げ出して眠っていた。ピンク色のネグリジェが腿のあたりにくしゃくしゃとかたまり、顔のまわりには豊かな赤い巻き毛が広がっている。どういうわけか彼女が気に入っている子猫も――焼いたところで筋だらけでおいしいとは思えず、かといって何か役に立つことができるわけでもなく、彼女がかわいがる理由がさっぱりわからない――仰向けになり脚を広げて、器用に彼女の髪に潜り込んでいた。小さな前足を丸めたり伸ばしたりしながら、なんとも奇妙な声を発している。

ベンジェンスは慎重にベッドのほうへ身をかがめた。彼女がもぞもぞと動いて伸びをしたが、まだ目は覚ましていない。子猫が体を丸め、さっきよりも大きな音で喉を鳴らした。

彼はおそるおそる巻き毛をひと房つまみ、指のあいだにはさんだ。月明かりに照らされ、あらゆる炎の色を呈しながらきらきらと輝いている。金色や赤褐色、青銅色。彼が今まで見たこともない色だ。ほんのひと房の髪の中に、彼が昨日までいた世界のすべての色を合わせたよりもたくさんの色があった。

ベンジェンスは親指と人さし指でその巻き毛をなでた。

子猫が金色の目を開いて、彼の浅黒い手を凝視している。

わたしから逃げない。つまりわたしは妖精ではないということだ。猫が妖精を嫌うのはよく知られている。しかし、猫は彼に触れようとはしなかった。おそらく自分は人間ではないのだろう、とベンジェンスは思った。なぜなら猫は彼女には機会あるごとに飛びついているからだ。

では、わたしは何者なのだ？

彼女の髪の下にそっと手を滑り込ませ、ベンジェンスはちらりと彼女を見た。目は閉じられたままで、口が少し開いている。胸が静かに上下していた。

ふたつの手。

この感触。とてもいい気持ちだ。

きっとこの場所では、いろいろなものに触れたり触れられたりするのだろう。子猫でさえ、それを渇望しているようだ。それに彼女も――そう、彼女は何にでも触れた。子猫をなで、ベンジェンスがカイルアキン村で調達してきた上掛けをなでつけた。そして彼にも触れられるものなら触れるだろう――彼女の目がそう語っている。〝キスして〟と彼女が言ったとき、ベンジェンスはもう少しで彼女を抱きしめそうになった。彼女の言う〝唇を重ねる〟という行為に興味をそそられたのだ。あのようなぬくもりに触れることを考えただけで体が激しく反応し、彼を不安にさせる。ためらいがちに人さし指の先で彼女の頬に触れてみたが、すぐに引っ込めてしまった。

子猫がピンク色の鼻を彼女の髪にうずめている。少しためらってから、ベンジェンスも同じことをしてみた。それから頬を軽く髪の上にのせ、肌に伝わる感触を味わった。

〝どうして彼に従うの？　彼はあなたにそんなによくしてくれるの？〟

そのことについて、ベンジェンスはじっくり考えようとした。王は……やはり王だ。王がよくしてくれるかどうかを問う権利などわたしにはない。あそこはわたしの国ではないのだから！

なぜ問うてはいけないのだ？　王の邪悪な呪文に絶えず縛られてきたが、何世紀かぶりにようやくその呪縛から解放され、彼自身の考えが芽を出して心に太い根をおろし始めた。そんな不敬な考えがどこから生まれてきたのかベンジェンスには見当もつかなかったが、いくら追い払おうとしても無駄だった。頭から目の奥にかけて槍《やり》で突かれたような激痛が走る。こめかみをものすごい力で押された感じがして、彼は自分にしか聞こえない声をさえぎるように両手で耳をふさいだ。

〝エーダン、早く来て、見せたいものがあるの。パパがマッテンの赤ちゃんを連れてきたのよ！〟少女の声だった。かつて彼がとても大切に思っていた少女の声だ。彼が心配し、守ろうとした八歳の幼い少女。〝メアリー、小さなペットのことなら大丈夫だよ〟男の声が言った。

〝でも明日、出港するのよ〟メアリーが食い下がる。〝怪我《けが》をしてるし、それにわざとじゃなくても、この子を傷つけてしまうかもしれない。エーダンなら小さな動物を扱うのが上手だし、妹の面倒も見てくれるわ〟

「エーダン」その響きを舌で確かめるように、彼は声に出して言ってみた。「ベンジェンス」しばらくしてもう一度ささやいた。

どちらの名前も、皮膚や骨のようにはしっくりこなかった。彼が知っているどちらの土地も――氷の国もこの島も――履き慣らして踵《かかと》にぴったり合う擦りきれたブーツと同じようには感じられない。

彼は自分の肉体から抜け出したいという強烈な衝動に駆られた。そのことが突如として奇妙で不道徳に思えてくる。王の国では、自分が何者で、どんな役目を果たしているのかわかっていた。だがここでは、そう、ここでは何もわからない。

頭の奥がところどころ痛むのと、下腹部がうずくこと以外は何も。

ネグリジェの裾から美しい曲線を描く白い脚がのぞいている。彼は注意深くそれをじっと見つめた。なんと滑らかなのだろう……それになんて温かそうなんだ。

彼はぎゅっと目をつぶり、王のいる懐かしい土地を思い浮かべようとした。

〝あなた方はホーコン城にお住まいの新しい領主殿と奥様ですか？〟突然、明るく尋ねる店主の声がよみがえり、心が落ち着く氷と闇の景色が消えてしまった。

「違う」彼はささやいた。「わたしはベンジェンスだ」

6

明け方、大勢の村人たちが城にやってきた。

ジェーンはゆっくりと目を覚まし、一瞬自分がどこにいるかわからず不安になった。エーダンの夢は見なかった。眠る前はまだ本当に一五世紀にいるとは信じられなかったが、今もその疑念が残っていたとしたら、これですっかり消えた。ハイランダーの恋人の夢をまったく見ずに、ひと晩眠り続けたことなど一度もなかったからだ。

最初、ジェーンはなぜ目覚めたのかわからなかったが、やがて寝室の開いた扉の向こうの広間で大きな喚声があがった。興奮した甲高い声の合間に、スコットランド地方特有の〝r〟を強く発音するしゃべり方でぎこちなく答えるエーダンの低い声が聞こえる。

ジェーンは殺風景な寝室に響く明るい声で「新しい日の始まりよ！　今日はどんないいことがあるかしら？」と言い、前向きな気持ちになるための朝の儀式を手早くすませた。こうした言葉を声に出して繰り返すと精神をすこやかに保つことができると何かで読んで以来、毎朝必ず実行するようにしているのだ。昨日は過去のことで、明日は希望にあふれている。今日という新しい一日を精いっぱい人を愛して生きる。彼女が思うに、人にできるのはそれくらいのことだ。

ジェーンはまだ眠そうにしている子猫にキスすると、ベッドから出てネグリジェを脱ぎ、昨日トランクの中を調べているときに見つけた黄色のシンプルなドレスに着替えた。このドレスを着るのが楽しみだった。襟ぐりが深くレースがあしらわれた胴着《ボディス》に長くてゆったりしたスカートは、申し分ないほどロマンティックだからだ。加えてトランクに一枚も下着類が入っていなかったので、彼女は心から罪悪感を覚えた。いつでも彼を迎える準備はできている。それが今日ならどんなにいいか！

さっと部屋を見まわして、ジェーンは考え込むように目を細めた。あとで近くの村からもう少しいろいろ調達してこなくちゃいけないわね。とくに大きめの浴槽と、なんでもいいから中世の人が使っている歯磨き粉と石鹸《せっけん》の代わりになるものが欲しいわ。がやがやいう声に引き寄せられ、彼女は急いで寝室をあとにした。

ベンジェンスは追いつめられた動物のように炉床を背にして立っていた。十数人の村人が焼き菓子や贈り物を彼に突き出し、ひっきりなしにあれこれしゃべっている。伝説のことや、マッキノンが自分たちを守るためにふたたび戻ってきてくれたことをいかに喜んでいるか。そしていかに自分たちが彼に忠実に仕えるかや、彼の城を修復するつもりがあることについて。

わたしが彼らを守る？　ベンジェンスは今すぐ手を振り上げて、この部屋を跡形がなくなるまで壊してやろうかと思った。

だが、いまいましいことに王の望みがなんなのかわからない以上、王から授けられた妖精の破壊力を行使するわけにはいかない。体の中で爆発寸前の怒りが――村人に対する怒り、そして王に対する怒りが――煮えたぎり、その激しさにベンジェンスは驚いた。そのとき彼女がぶらぶらとやってきたので、彼の怒りはいくらかおさまった。もっともそれは、ほんの少し受け入れやすい別の不快感に取って代わられただけで、どちらも心を乱すことには変わりなかったが。

彼女は陰鬱な広間全体を照らす太陽の光のようだった。ベンジェンスがじっと押し黙って様子をうかがっていると、彼女は微笑《ほほえ》みながら村人たちに話しかけ、彼らの手をとって、薄汚いぼろをまとった者たち全員を奥へ招き入れた。ほんのつかのまとはいえ、ここはベンジェンスが幸せに暮らしていた彼の城だというのに。いつのまに自分や自分のまわりを支配する力を失ってしまったのだろう、と彼は思った。支配力というのは、長い年月のあいだに運命の三女神に吸い取られてしまうものなのか？　それとも女がひとり現れただけで、瞬時にどこかへ封じ込められてしまうものなのだろうか？　女、登場――秩序、退場。

ああ、なんということだ。やつらはあんなに顔を輝かせて微笑みかけ、彼女を崇《あが》め、明らかに女主人として受け入れている！

「彼女はマッキノンではない」ベンジェンスは怒鳴った。わたしが領主で彼女が女領主だという村人たちのばかげた思い込みを、今すぐ正してやらなければいけない。

全員がくるりと振り向いて彼を見た。

「旦那様《だんなさま》」一瞬、居心地の悪い沈黙が流れたあと、村人のひとりが遠慮がちに言った。「旦那様たちが婚約なさっているかどうかなんて、まったく気にしておりません。わたしたちはただ、おふたりをお迎えできたことを喜んでいるだけです」

「わたしもマッキノンではない」ベンジェンスはきっぱりと言った。

十数人がそろって口をぽかんと開いたが、やがてどっと笑いだした。赤褐色のタータンズボンとリンネルのシャツをまとった白髪頭の老人が、頭を振りながら優しく微笑んだ。「来てください」老人は手招きすると、足早に広間から隣接する翼棟へ進んでいった。

そんなことをする自分に心から腹を立てながらも、ベンジェンスは彼女の視線をうかがっていた。命令に従うのに慣れすぎていた彼は、老人についていくべきかどうかという単純なことさえ自分で決められなかったのだ。こんなふうに困惑している自分も、決断を任せられるのも嫌いだ。彼女が腕を組もうとするかのようにこちらへ近づいてくる。ベンジェンスは歯をむき出して静かにうなり、くるりと向きを変えて老人のあとに続いた。彼女に頼るくらいなら自分で決断するほうがましだ。

しばらくすると彼は円塔にいた。壁際にはさまざまなトランクが並び、その後ろには何かが積み重ねられていて、ベンジェンスは老人がそこにかけられている埃だらけの毛織物を次々とめくっていくのをじっと眺めていた。老人は探し物を見つけると、ことさら慎重に埃を払った。それからその物体をくるりとまわして、全体が見えるようにベンジェンスの前に立てた。

彼は大きく息をのんだ。老人が見つけたのは、男と女のあいだに黒髪の少女が座っている肖像画だった。男はぞっとするほどベンジェンスによく似ている。女はすばらしい金髪をした美女だ。少女は――彼は見ているだけで心が痛んだ。目を閉じると、呼吸が急に速まり浅くなった。

〝わたしを置いていかないで、エーダン！　ママとパパは海に出ちゃったし、ひとりになるなんて耐えられない！　いやよ、エーダン、置いていかないで！　もう戻ってこないんじゃないかといういやな予感がするの！〟

だが、この〝エーダン〟という人物が誰であれ、彼は行かなければならなかった。しかたがなかったのだ。

彼とこの子供は何者なのだろう、なぜ自分は知っているのだろう、とベンジェンスは思った。けれどもそのことを考えると頭が痛くなるので、意識の外に押しやった。わたしには関係のないことだ。

「こちらはフィンダナスとソーシー・メアリーご夫妻、そして彼らのご息女ローズ様でございます」老人が説明した。「何世紀も昔、彼らは約束してくださいました。もしかすると城はしばらく見捨てられた状態になるかもしれないが、いつかマッキノンが戻ってきて、村は栄え、城はふたたび大勢の一族でいっぱいになるだろうと」

「わたしはマッキノンではない」ベンジェンスはうなるように言った。

それでも老人はまた一枚、馬で戦いに向かう三人の男の肖像画を取り出した。ベンジェンスも、自分とこの三人の男がびっくりするほど似ていると認めざるをえなかった。

「彼らはダンカン、ロバート、ナイルズ。マッキノン家のご兄弟でございます。一世紀以上も昔、スコットランド王ロバート一世のために戦い、お亡くなりになりました。それ以来、お城は空いたままでございます。生き残られた一族の方々は東の本土へお移りになりました」

「わたしは彼らの親類ではない」ベンジェンスはきっぱりと告げた。

彼の城に押しかけてきた女がふんと鼻を鳴らした。「あなたとこの絵の人たちはそっくりよ。誰が見たってそう思うわ。間違いなく、あなたはマッキノンよ」

「超自然的な偶然、それだけのことだ」

村人たちはしばらく無言で老人を見つめ、彼の次の言葉を待った。老人はベンジェンスをじっと見ていたが、やがて野獣をならすような口調でこう言った。

「わたくしたちは、あなたにお仕えするためにやってきたのでございます。食料や飲み物、城を修復するための材料をお持ちしました。明日から毎日明け方にやってきて、夕暮れまであなたにお仕えします。あなたがここに残り、わたくしたちとともに暮らしてくださることを祈ります。あなたが戦士であり、指導者であることは明らかでございます。あなたのお名前がなんであろうと、わたくしたちは喜んで領主様と呼ばせていただきます」

いつのまにかベンジェンスは奇妙な無力感に包まれていた。この老人は、わたしがマッキノンであろうとなかろうと関係ない、彼らには村を守ってくれる者が必要で、わたしにその役目を引き受けてほしいと言っているのだ。ベンジェンスには彼らに対する軽蔑《けいべつ》の念、つまり自分はもっと超越した存在だという気持ちもあったが、それと同時に一瞬喜びがこみ上げてくるのを感じた。

ベンジェンスは早くすべてを終わらせたかった。村人を追い払い、彼女を追い出したくてたまらない。だが彼をここへやった王の目的がわからないうちは、王の計画を邪魔することになりかねないことを実行するわけにはいかなかった。もしかすると王は彼にしばらく人間の行動に合わせて暮らさせ、そのうち人間の中にいてもうまくやれることを証明させようとしているのかもしれない。あるいはいずれこの城が必要になったときのために、ベンジェンスを通じて村人たちに修復させようとしているのか。いったいなぜ指示もなくこんなところへ追いやられたのだろうと思い、彼は頭を振った。

「まあ、そんなことを言ってくださるなんてうれしい！」彼女が叫んだ。「ご親切に感謝します！　みなさんに手伝っていただけると本当に助かるわ。ところで、わたしはジェーンというの」老人の手を握りしめて微笑みながら告げる。「ジェーン・シリーよ」

ベンジェンスは何も言わずに円塔をあとにした。〝ジェーン〟心の中でその名前をつぶやいてみる。彼女はジェーンというのか。「ジェーン・シリー」今度は小声でささやいてみた。口にしたときの響きがいい。

ふたたび頭が痛み始めた。

「旦那様はどこかお悪いのですか？」エーダンが去り、ひととおり全員の紹介が終わると、村の長老だというエライアスが尋ねた。

「転倒して頭をひどく打ったのよ」ジェーンはさらりと言った。「元の彼に戻るまで、いくらか時間がかかるかもしれないわ。記憶を少し失っていて、はっきりわからないことがたくさんあるの」

「旦那様は東のマッキノン家の領地から来られたのですか？」エライアスが尋ねた。

ジェーンはうなずき、嘘をついたことを後悔したが、今はしかたがないと自分に言い聞かせた。

「やはりそうでしたか。あのお顔を見間違えるはずがないと思っておりました」エライアスは言った。「バノックバーンの戦い以降、本土の領地のことでお忙しくて島のほうまで手がまわらなかったのでしょう。ですがふたたび島に住み、わたしたちを守るために、いつかご一族のひとりをよこしてくださるようにと、ずっと祈っておりました」

「その祈りが通じたのよ。でもここへ来る途中で彼は怪我をしてしまったから、記憶を取り戻すのを手伝ってあげなくてはいけないの」ジェーンは共謀者ができたことに感謝しつつ、差し出された好機を逃さずに言った。「ときどき彼に触れてあげて。もしかすると動揺したように見えるかもしれないけれど」彼女はみなに伝えた。「きっと効果があると思うのよ。それと子供たちを連れてきてちょうだい」夢の中でエーダンがいかに子供好きだったかを思い出し、つけ加える。「多ければ多いほどいいわ。わたしたちが作業をしているあいだ、庭で遊ばせてやりましょう」

「わたしたち？　奥様、あなたが奴隷のように働く必要はありません」若い女性が叫んだ。

「わたしも、わたしたちの家の修復作業に参加させてもらうつもりよ」ジェーンは言った。〝わたしたちの家〟――なんてすてきな響きなの！　先ほどの女性が理解を示すように目を輝かせているのを見て、ジェーンはほっとした。何人かが、それでいいというようにうなずいた。

「それから、よく知っている香りをかぐと記憶を呼び覚ましやすくなるって聞いたことがあるの。だから、もし彼が好きそうなもので心当たりがあれば、そのつくり方を教えてもらえるとすごくありがたいんだけど。あいにく料理はあまり得意ではないの」彼女は認めた。「でも、どうしても習いたいのよ」

うなずく頭の数が増えた。

ジェーンは満面に笑みをたたえた。今朝の朗誦《ろうしょう》が効いたみたい。だって今日はすてきな一日になりそうだもの。

7

こうしてふたりの生活は徐々に落ち着いていき、ジェーンもそのことに満足していた。エーダンはあいかわらず自分はマッキノンではないと言い張っているけれど。毎日があっというまに過ぎていった。あまりの速さに彼女は困惑を覚えるほどだったが、それでもこの城にしろ、自分をベンジェンスと呼ぶ寡黙で陰気な男にしろ、多少は進展が見られた。日がたつにつれ、ジェーンはホーコン城での居心地がだんだんよくなり、自分が一五世紀にいるということにも慣れてきた。

約束どおり、村人たちは毎朝明け方になると大勢でやってきた。みな働き者で、男たちは午後になると自分たちのわずかばかりの土地の手入れをするために帰っていったが、女と子供たちは残ってジェーンのかたわらで楽しそうに仕事に精を出していた。掃き掃除や床磨きをしたり、蜘蛛の巣を払い落としたり、古い陶器のマグや大皿、燭台《しょくだい》やオイルランプを磨いたり、タペストリーを虫干しして壁に飾ったり。何十年分もの埃が積もった布に覆われていた家具は、修理して油を差した。

ほどなく大広間には、輝く黄金色のテーブルと十数脚の椅子が誇らしげに並んだ。一台しかないベッドは惜しげもなく――女たちはたいそうくすくす笑っていたが――村人たちが用意したひときわふっくらしたクッションと、ひときわ柔らかい上掛けで飾り立てられた。燭台が石壁に取りつけ直され、太い灯心をすえたオイルランプがきらきらと輝いている。女たちは木の椅子用のクッションに刺繍をほどこし、梁《はり》からはハーブの小袋を糸でつるした。

台所は何十年も前に完全に瓦礫《がれき》の山と化していて、元に戻すにはかなりの時間がかかりそうだった。じっくり考えたうえでジェーンは、城の裏にある淡水の泉から水を引いてきて、四角い炉床にかけた大きめの水瓶《みずがめ》にためておいてもそれほど危険ではないだろうと判断した。そうしておけば、いつでもすぐに湯が使える。さらに彼女はカウンターや食器棚、そして中央に置く寄せ木の大きな調理台の見取り図も描いた。

一方で、ジェーンは大広間の炉床の火で料理を習っていた。毎日午後になると、女たちが新しい料理を教えてくれる。残念ながら、毎晩それを食べるのは彼女ひとりだ。エーダンは、彼女がいくら誘っても、堅いパン以外は決して口にしようとしなかった。

日が暮れてくると、ジェーンは火から離れてせっせとペンを走らせた。メモを取っているときもあれば原稿を執筆しているときもあったが、そのあいだずっとメモや原稿越しにエーダンをちらちらと盗み見て、自分が望む彼との将来をしたためた。手間のかかる羽根ペンとインク、室内履きのつま先をなめる炉床の炎、コオロギのハミング、ホーホーと鳴くフクロウの低い声、どれもジェーンは好きだった。車のタイヤがきしむ音やクラクションが鳴り響く音、頭上を飛ぶ飛行機の音がまったく聞こえてこない生活は快適だ。彼女は人生でこれほど完全で、畏敬《いけい》の念を抱かせる静寂を経験したことがなかった。

城の修復が始まって一週間がたつころには、ジェーンはあいかわらず寡黙で当惑しているエーダンに希望を見いだし始めていた。エーダンは彼女と口をきくのは拒んでいたものの、城の修復作業に少しずつ参加するようになってきたのだ。それに人を寄せつけない雰囲気も薄れつつあるように感じられた。もはや彼の目に軽蔑や憎悪の念は浮かんでおらず、残っているのは困惑と……不安のように見える。彼は自分の立場や、世の中の壮大な仕組みのどこに自分が位置するのかわからずにいるらしい。

ジェーンはこの一カ月をできるだけ慎重に使うつもりだった。パーデュー大学の心理学の授業で、記憶喪失の人間に真正面からぶつかると余計に記憶の否定に追い込むことになりかねず、場合によっては緊張性の昏迷《カタトニー》を誘発する可能性さえあると学んだ。だから彼女はよく考えたうえで、最初の二週間はエーンに新しい環境に慣れること以外はいっさいプレッシャーを与えないと決めた。二週間は修復作業に集中して、おとなしく彼のよき同居人として暮らし、本当は彼に触れたくてたまらなかったが、それも我慢することにした。とはいえ一緒に暮らしていながら、彼に愛情を示すことができないのはとてもつらかった。

二週間後に開始する誘惑作戦をジェーンはひそかに楽しみにしていた。風呂に入るためにわざわざカイルアキン村の女性の家まで行くのはもうおしまい。

入浴は広間の炉床の前でしよう。堅苦しいイブニングドレスはやめて、ボディスの襟ぐりが深くて丈の短いドレスを着よう。

そのためにもジェーンは時機を待っていた。豪華なベッドでセックスポットと一緒に体を丸め、いつかエーダンが隣に横たわり、女性が思わずつま先を丸めてしまうセックスを約束するあのかすれた声で、彼女の名前を呼んでくれる夜を夢見ながら。


先日修復されたばかりの城の玄関階段に立ち、ベンジェンスは腕を頭上に伸ばして背中のこわばりをほぐした。夜空には紫色の濃淡が広がっている。木立ちの梢《こずえ》の上空では星々が瞬き、三日月の光で芝生が銀白色に輝いていた。近くの採石場から城まで重たい石を運んでいたせいで、彼は全身が筋肉痛だった。

闇の国で苦痛を避けることを学んではいたものの、今感じているこの体の痛みは不思議と心地いい。最初のうちは修復作業に参加するのを拒み、離れたところから非難の目で眺めていた。ところが我ながら驚いたことに、村の男たちが働いているのを見ているうち、自分も無性に石を運んだり修繕したりしたくなってきたのだ。手は汚れたくてうずうずし、頭は非効率的で場所によっては危険な造りになっている城の部分を設計し直したくてたまらなかった。

　王から下された三つの命令についてじっくり考えた結果、ベンジェンスは退屈しのぎに働いても別に問題はないと判断した。

　三日目、彼が無言で作業に加わると、村人たちはいつも以上によく働き、笑ったり冗談を言ったりする回数も増した。男たちにあれこれ意見を求められ、ベンジェンスは自分にも意見があること、しかもその意見がまともであるらしいことに気づかされて、少なからず驚いた。男たちはごく自然に彼を受け入れた。とはいえ、肩を叩いたり腕をさすったりとしょっちゅう体に触れてきて、彼を当惑させたが。

　彼らは女ではないので別にかまわないだろう、とベンジェンスは考えた。たまに自分について訊かれることがあったが、そういうときはいつも逃げた。例の女のことは完全に無視した。彼女はひたすら城の中に引きこもり、唯一の外出は歩いて村へ行くときだけで、いつもさっぱりした様子で髪をかすかに湿らせて帰ってきた。

芳しい香りを漂わせて。温かくて柔らかくおいしそうな姿で。

ときおり彼女を見ているだけで、体の奥がうずいた。

ベンジェンスは彼女のことを振り払おうとするように頭を振った。日を追うごとに物事の見え方が変わっていくようだった。空は目を開けられないほどまぶしくはなくなり、空気も息ができないほど暑苦しくなくなってきたようだ。彼は毎日作業に参加するようになった。黄昏《たそがれ》どきに城から少し離れると、自分の仕事の成果——支柱を取りつけたばかりの壁、石を敷き直した階段、修理ずみの屋根、設計し直された室内の炉床——を見渡すことができるからだ。ベンジェンスは働いているときの感覚が好きだった。もし王にそれは彼の性質の欠点で、高貴な身分の者にはふさわしくないと思われたら残念だが。

そして毎日、王のことを考えるとき、心に浮かぶのはたいてい怒りだった。王はベンジェンスにホーコン城での目的を教えてくれなかったが、ここにいる人間たちは彼にたっぷりと目的を与えてくれる。

苦痛を伴わない目的を。

どんな苦痛も。

ふと、不敬な考えが脳裏をよぎった。とたんに頭が割れるように痛みだし、それはひと晩中続いた。もしかすると王はわたしのことを忘れてしまったのではないだろうか、とベンジェンスは思った。

8

不敬な考えがひとつ生まれると、すぐにまた別の不敬な考えが生まれる。それも先に生まれた考えなど別になんでもないと思えるほど、さらに不敬な考えが。不実な考えは、すぐに不実な行動となって現れた。

ベンジェンスの堕落が始まったのは、彼が城での生活を強いられてから一日目の晩、ジジェーンが大広間のテーブルに料理を並べているときのことだった。

その日、ベンジェンスはずっと働きどおしで、手を滑らせて重たい石を落としてしまったのは一度や二度ではなかった。昼からずっと前庭の芝生で遊んでいる村の子供たちが、彼のいらだちを増幅させた。波打ち際で空気の入ったボールを追いかけたり、子猫を毛糸でからかったりしながら笑いはしゃぐ彼らの甲高い声が耳に響き渡り、頭がずきずきした。

今、ベンジェンスは炉床から遠く離れた部屋の片隅に座り、堅いパンを力なくかじっている。最近は日々の労働で空腹感が募り、次から次へとパンのかたまりを口にしていた。だがいくら食べても体重や筋肉が減り続け、体はだるく気力もわいてこない。今日、手が滑ったのもそのせいだと自分でもわかっている。

近ごろはジェーンがおいしそうな匂いのする料理をテーブルに並べると、胃が怒ったようにうねりだすので、昨日までは夕方になると誘惑を避けるために城を抜け出し、外を散歩していた。

けれどもつい最近、厳密にはつい今朝ほど、食べるものに関して王が言ったことを慎重に思い返し、その言葉の一語一語を吟味してみた。

〝刺激の少ないものを食べたほうがいい〟

これまで王がこんな曖昧《あいまい》な言い方をしたことは一度もなかった。〝——ほうがいい〟ベンジェンスに対してこんな話し方をするのは、まったくもって王らしくない。つまり、もしかすると王は……計り知れない理由から、自分でも確信が持てず、不本意ながら命令できないのかもしれない。しかも〝刺激の少ないもの〟とは。なんと漠然とした言い方なのだろう。まるでどうとでも解釈してくれと言わんばかりだ。

熟考した結果、ベンジェンスはこう結論づけた――日を追うごとに物事は驚くほど簡単に進むようになってきた――おそらく王はベンジェンスがどれだけ懸命に働くかはっきりわからず、彼の体がどういう食べ物を要求するか予測できなかったのだろう。だから〝ほうがいい〟などという言い方をして、彼に判断を任せたのだ。それほどまでに自分を信頼してくれているのに、弱った体で戻り、王の不興を招くような危険を冒すわけにはいかない、とベンジェンスは決心した。

彼が立ち上がってテーブルにつくと、ジェーンは信じられないというように目を大きく見開いた。

「今夜はおまえと一緒に食事をする」ベンジェンスは彼女をじっと見つめて、いや、目でなめるようにして言った。食欲をそそる子豚のあぶり焼きの匂いが鼻腔《びこう》をくすぐり、鮮やかな緑色のドレスをまとい燃え立つような赤い髪をした美しいジェーンは、彼にはわからない何かをくすぐった。

「パンは？」彼女がいぶかるようにしばらく間を置いてから尋ねた。

「昼間の作業をするのに、あれだけでは体がもたない」

「そう」ジェーンはそう言うと、急いでもうひとり分を用意した。

ベンジェンスは興味津々で食べ物を眺めていた。彼女は次々と料理を盛りつけていく。肉汁の中で泳ぐ、ゼリー状のソースをからめた子豚のあぶり焼き。牛乳でつくった濃厚なクロテッドクリームを塗り、チャイブを添えたあぶり芋。また別のソースを使った何かの野菜料理。鮭《さけ》の切り身に衣をつけて揚げたフライ料理。最後の仕上げに、彼女はバターのような色をしたプディングを何杯もレードルですくって皿に盛った。

目の前でプディングが盛られるあいだも、ベンジェンスは今ならまだ間に合うと思いながらじっとそれを見ていた。今すぐ立ち上がって部屋の隅に、パンのところに戻ればいいのだ。

〝――ほうがいい〟

ベンジェンスはちらりとジェーンを見た。スプーンを口の中に入れ、クロテッドクリームをなめている。それだけでじゅうぶんだった。彼は飢えきった獣

かい。

信じられない、なんてうまいんだ！　こくがあって汁気たっぷりで、まだ温かい。

ジェーンはあっけにとられ、エーダンの様子を眺めていた。皿に盛った料理を、彼は数分のうちに平らげてしまった。アクアマリンの瞳は血走り、官能的な唇は肉汁でぎらついて、両手は――ああ、なんてこと、彼ったら指をなめ始めたわ。薄紅色の薄い唇でエーダンが指をしゃぶるのを見て、彼女の体温は一〇度上昇した。

ジェーンの胸は高揚感でいっぱいになった。パンしか食べてはいけないと命令されたわけではないとエーダンは言っていたが、その言葉を彼女は信じていなかった。毎晩ジェーンが食事をしているあいだ、彼はちらちらと盗み見て様子をうかがったり、明らかに物欲しげに眺めたりしていた。彼のお腹が鳴るのを何度か聞いたこともある。

「おかわり」エーダンが彼女に向かって皿を突き出した。

ジェーンは喜んで従った。そして三杯目を食べ終わると、彼は椅子にふんぞり返ってため息をついた。

目が変わった。ジェーンはエーダンをじっと見て、そう思った。そこには何か新しいもの、喜ばしい挑戦の色がある。彼女はそれを刺激してみることにした。

「この先も、あなたはパンしか食べられないんだと思っていたわ」挑発するように言う。

「わたしは自分がいいと思ったものを食べる。それがパンではなくなっただけのことだ」

ジェーンはうれしくなり、思わずこぼれそうになる笑みを必死に抑えようとして口もとがうずいた。「あまり賢明とは言えないわね」さらに追いうちをかける。

「わたしは自分が食べたいと思ったものを食べる！」彼が怒鳴った。

ああ、エーダン。ジェーンはうれし涙をこらえながら、心の中で優しく彼の名前を呼んだ。それでいいのよ。壁に小さなひびができた。エーダンのように強くて自主性のある男性は、いったんその壁が崩れだしたら、あとは驚くほど速く崩れるに違いない。「そんなに言うなら、しかたがないわね」彼女は穏やかに言った。

「ああ、そうとも」エーダンはうなるように言った。「わかったら、そこのワインを取ってくれ。それからもうひと瓶欲しい。ひどく喉が渇いてきた」何世紀分もの渇き。ワインだけではとうていおさまらない渇きだ。

ベンジェンスは食べる喜びを忘れることができなかった。太陽の光をたっぷり浴びたトマト、つくりたてのバターをたっぷりつけた甘いヤングコーン、にんにくで味つけした焼肉、シナモンと蜂蜜をたっぷりかけた焼きりんごのパイ。新しくて興味をそそる感覚がこんなにたくさんあるとは！　秋風にのって運ばれてくるヘザーの花の香り、毎晩入浴代わりに泳いでいる海でリズミカルに打ち寄せてくる塩辛い波、肌をかすめる柔らかいリンネルの生地。一度だけ、誰も城にいないとき、彼は着ているものをすべて脱いで、ベルベットの上掛けの上で手足を伸ばして寝転がってみた。ふかふかのマットレスに体を沈め、ジェーンが一緒に横たわっているところを想像してみた。だが、そのとたん上掛けのせいで体に発疹《はっしん》が現れ、脚のあいだがこわばってきた。彼はすぐさま服を着て、二度と同じ妄想を繰り返すことはなかった。発疹はその後もときどき現れ、なかなか消えなかった。

不愉快な感覚もあった。ベンジェンスが硬く冷たい床の上で寝ているあいだ、ジェーンはベッドで子猫と一緒に気持ちよさそうに丸まっている。寝返りを打つ彼女の足首とふくらはぎを眺めているときの緊張感。ネグリジェの下で静かに上下する胸を見つめているときに感じる、胃のむかつき。

彼が見たのはそれだけではなかった。ゆうべ彼女は大胆にも、重たい浴槽を炉床の前まで引っ張ってきたかと思うと、その中に桶で湯を入れて、ハーブの葉を散らした。

ジェーンが何をしているのか、ベンジェンスにはまったく理解できなかった。すると彼女がいきなり着ているものを脱ぎ、二週間前に城へ来たときと同じように一糸まとわぬ姿で薔薇色の尻をあらわにしたので、彼は驚きのあまりその場から動けなかった。

どういうわけかベンジェンスは吐き気を覚え、やっとの思いで気持ちを落ち着かせると、逃げるように広間をあとにした。ジェーンがあざけるように鼻を鳴らす音が耳から離れなかった。彼はテラスでしばらく自分と闘っていたが、結局、一五分後に城の中へ戻り、ジェーンからは死角になる戸口の陰からそっと様子をうかがった。喉をごくりと鳴らし、必死に呼吸を整え、どくどくと音をたてて流れる血を静めようとしながら、彼女が石鹸と湯で体の隅々まで洗うのをじっと眺めていた。

手が震え、体の妙な部分がうずきだしたので目を閉じたが、今見た光景が脳裏に焼きついて消えなかった。あと一三日、とベンジェンスは自分に言い聞かせた。二週間足らずで王のもとへ帰れる。

けれども日がたつにつれ、ジェーンに対する好奇心はどんどん膨らんでいた。炉床の前に座って炎を見つめているとき、彼女は何を考えているのだろう？村の女たちには男がついているのに、なぜ彼女にはいないのだ？どうしてわたしを見るとき、彼女はあんな表情をするのだろう？なぜあんなに苦労してまで文字を書いている？どうして彼女はわたしに触れてほしいんだ？もし彼女の言うとおりにしたら、いったいどうなる？

　そして最近では王のことよりも、脚のあいだの不可解なうずきや、胸の奥がぽっかり空いたような痛みについて考えていることのほうが多かった。

　こんな感覚を抱く理由を知りたいという欲求を、いつまで我慢できるだろう？

9

「何を書いているんだ？」エーダンがさりげなく尋ねた。彼女がどう答えようと、あるいは答えがなかろうと気にしないという口ぶりで。

ジェーンは胸が高鳴るのを感じたが、聞こえないふりをした。ふたりは大広間の炉床近くの椅子に、はす向かいに座っていた。彼女はテーブルに置かれた三つのオイルランプのそばで背中を丸め、エーダンは火の燃えている暖炉のすぐそばにいる。こうして二メートルほど離れたところからこっそりと一時間以上ジェーンの様子をうかがっているのだが、彼女がホーコン城に来て以来、彼女が城に関すること以外で素直に何かを尋ねてきたのはこれが初めてだった。ジェーンは笑みを隠し、何も聞こえなかったかのようにペンを走らせ続けた。

《彼が突然立ち上がったので、椅子が大きな音をたてて床に倒れた。アクアマリンの瞳を欲望でぎらつかせ、彼は彼女の手から紙の束を奪ってわきへ投げ捨てた。前に立ちはだかり、魂をえぐるような鋭い視線で彼女を見つめる。「こんな紙のことなど忘れろ。さっきの質問もどうだっていい。わたしはきみが欲しい、ジェーン」彼は荒々しく言った。「きみが必要なんだ。今すぐ」リンネルのシャツをゆるめて頭から引き抜き、着ているものを脱ぎ始める。彼女が何か言おうとすると、人さし指で唇を押さえた。「静かに。わたしを拒むんじゃない。そんなことをしても無駄だ。わたしは今夜きみを手に入れる。きみはわたしのものだ。わたしだけの。永遠に、その先も」

「どうして〝その先も〟なの？」彼の指に向かってささやく。緊張と期待で心臓が猛烈な勢いで打っている。彼女は男性とベッドをともにしたことがなかった。あれは夢の中だけの出来事だった。だが目の前に立っている黒髪のハイランダーは夢ではなく、まぎれもない本物だ。

　彼は魅惑的な笑みを投げかけながらプレードの結び目をほどくと、ぴんと張った尻引きしまった筋肉質の臀《でん》部《ぶ》からするりと落とした。両手で彼女の椅子の肘掛けをしっかりつかみ、顔を近づける。「たとえ永遠にきみと一緒にいても、満足できないからだよ。わたしは欲深い、要求の多い男なのだ」》

「何を書いているのかと訊いてるんだ」エーダンの声はこわばっていた。

《数十個のオイルランプの揺らめく明かりに照らされて、彼のたくましい体がブロンズのように輝いていた。「もう無理だ。今までわたしが我慢してきたことは神が知っている」欲望で張りつめた低い声で、うなるように言う。「昼も夜もきみのことで頭がいっぱいだ。きみが欲しくて眠れない。この思いがいつまでたってもおさまりそうにないのだ」》

ジェーンはうっとりとため息をつきそうになるのをこらえ、紙の上で羽根ペンを浮かせたまま書くのを中断した。彼女はエーダンに向かって片眉をつり上げた。表面的には落ち着いていたが、内面はとろけそうだ。彼は浅黒い顔の中で目をきらりと光らせ、緊張した様子で椅子に座って丸くなっている。今にも立ち上がりそうな雰囲気だ。そして襲いかかってきそうな。ああ、本当にそうしてくれたらいいのに！

「どうしてそんなことを訊くの？」ジェーンは肩をすくめ、できるだけ興味がなさそうな口調で言った。辛抱強い人間でいることに、いいかげんうんざりしていた。村人たちの存在や、かつて自分の家であった場所を自らの手で修理したり手入れしたりすること、そして夜間、入浴中のジェーンをのぞき見することがエーダンの精神に大きな衝撃を与えているのを彼女は知っている。やはりこの二週間、受け身に徹してきたのは正解だったが、そろそろこちらから行動を起こす時期だ。残された時間はあと一二日。何があろうと、彼を失うつもりはない。

「おまえがすることには必ず目的がある」エーダンは断固たる口調で言った。「そんなふうに毎晩きっちり文字の練習をしている、おまえの目的が知りたいだけだ」

ジェーンはふたたび羽根ペンを羊皮紙におろした。

《彼は女を椅子から立ち上がらせ、彼女を自らの引きしまった体に押しつけるように抱き寄せた。彼が目をじっと見つめてゆっくり腰を前へ揺らすと、女は大きくなった彼のペニス彼の欲望を感じた。彼は打ち震えながら、硬くてほてった見事な一物欲望の証《あかし》を薄いネグリジェ越しに押しつけ……》

ジェーンは欲求不満の大きなため息をつき——相手がいない女性にとってラブシーンを書くのはまさに拷問だ——羽根ペンをわきに置いた。セックスポットがすかさずサイドテーブルに飛びのり、羽根ペンをくわえて激しく振りまわす。また子猫にずたずたにされる前に羽根ペンを救出すると、彼女は答える前に少したためらった。一歩間違えれば、エーダンがまたあの頑丈な殻の中に引きこもってしまう可能性があるからだ。ジェーンには決して自分の体に触れさせないと彼は断言した。こうなったら、向こうが彼女に触れるように仕向ける手を考えるしかない。

「文字の練習をしているんじゃないわ。物語を書いているの」

「どんな物語だ？」

ジェーンは飢えたようにエーダンをじっと見つめた。そこに座っている彼はたまらなくセクシーだ。昨日やっと、仕事をするにはこちらのほうが涼しいと言って、彼はここに来てから初めてプレードをまとうようになったのだ。シャツを着ずに深紅と黒の生地を素肌に身につけた姿は、まさに彼女のエーダンそのものだ。火のすぐそばに座っているので、上半身がうっすらと汗で光っている。

「どうせあなたには理解できないわ」ジェーンは冷ややかに告げた。

「理解できないって何を？」彼が怒ったように言う。「わたしにだって理解できるものはたくさんある」

「わたしが書いている内容は理解できないわよ」ジェーンはわざと挑発的に言った。「わたしは人間について書いているの。あなたにはとうてい理解できないものについて」さらに追いうちをかける。「ところで」今度は優しく言い足した。「自分が本当はなんなのかわかった？」怒ったみたいね、と彼女は満足して思った。彼女のエーダンは誇り高き男で、見下されるのが嫌いだ。この一週間で、彼は命令するような言い方に嫌悪感をあらわにするようになった。それこそジェーンの望むところで、もし今、強硬な命令を出せば、彼は即座に反抗してくるだろう。

エーダンの目の奥で怒りと戸惑いがせめぎ合っている。「わたしは人間たちと一緒に働いている。わたしに何が理解できて何が理解できないか、おまえにはわからない」

「絶対にわたしが書いた話を読まないでね」ジェーンは厳しい口調で言った。「これはわたしだけのものなの。あなたにはいっさいかかわりのないことよ、エーダン」

「わたしがこの城の主である以上、すべてはわたしの――」そこではっとして口をつぐんだ。

「城の主?」ジェーンは彼の目をのぞき込んで繰り返した。彼は〝エーダン〟と呼んだことを責めようともしなかった。

彼は長いあいだジェーンの目をじっと見てから、断固として言った。「村人たちがわたしのことをそう思っているということだ。つまりここに、彼らがわたしの城だと思っているこの場所に住むつもりなら、おまえも彼らの認識に従うべきだ。それがいやなら別のすみかを見つけろ。わたしが言ったのはそういう意味だ」エーダンは腹立たしげに椅子から立ち上がった。だが、戸口のところでちらりと後ろを振り返った。彼の目に願望が満たされないことへのいらだちと欲望があふれているのを見て、ジェーンの背中に震えが走った。彼がかつて感じていたあらゆることを、ふたたび感じ始めているのは明らかだ。ただ、その感情が理解できないだけで。

しばらくたってから、ジェーンは片手で紙をかき集め、もう片方の手でセックスポットを抱き上げた。明日、執筆中の原稿のどの場面をうっかり置き忘れていくかは、はっきりと決めていた。

10

〝彼は最初、唇を軽くかすめながらゆっくりと動かし、甘く官能的な刺激をもたらした。やがて彼女が口を開いて彼を完全に受け入れると、今度は力強くより親密に、すべてを吸いつくすかのように激しく唇を重ねてきて、彼女はめまいを覚えた。彼の滑らかな舌が彼女の舌にからみつく。口を完全にふさがれ、彼女はほとんど息ができなかった。もしもキスに言葉があるなら〝きみは永遠にわたしのものだ〟と甘い声でささやいているだろう。

さらにキスは続いた。しっとりと濡れたキス、燃えるように熱いキス、うっとりするキス。さまざまなキスを次々に浴びせられ、彼女は頭がくらくらしてきた。体の奥で身を焦がすような欲望の炎が燃え上がり、彼女は打ち震えた。

顎のラインから首筋を伝って胸の頂へ彼の唇が這っていくと、彼女はあえいだ。彼のキスは気だるさと興奮の両方を引き起こし、彼女は自分が強くもあり弱くもあるように感じた。優しくてしなやかだが侵略に近いキス。激しくて飢えた、うずきを伴うキスだ。

　アクアマリンの瞳は彼女に、体からも心からもすべてを剝ぎ取ってしまう熱い行為を期待させた。彼は彼女の肩からネグリジェの袖《そで》をそっとおろし、あらわになった胸をむさぼるような目で凝視した。冷たい空気と彼の熱っぽい瞳のせいで、彼女は胸が苦しくなってきた。黒髪の頭がおりてきて、とがった乳首を口でくわえられ、快感にすすり泣く。彼が胸の谷間に顔をうずめ、ネグリジェが腰から滑り落ちると、蜂蜜味の女の体を押しつけて彼にしがみついた。

　彼の唇が敏感な肌を焼き焦がす。彼は下腹部に軽いキスを浴びせ、つまんだりかじったりしたあと、彼女の前にひざまずいた。

　期待で膝の力が抜け、彼女は立っているのがやっとだった。熱い舌を、彼女のさらに熱い部分に押し当てられ、最も秘められた場所を優しくなめられると、そのあまりにもすばらしい感覚にもう少しで叫び声をあげそうになる。》

ジェーンは大広間の入口でエーダンを眺めながら、口もとに笑みを浮かべて立っていた。一五分前、彼女は夕食の支度をする前に少し仮眠を取ってくると彼に告げた。そして寝室へ戻るとき、あたかも忘れていったかのように炉床の横に数ページ分の原稿を残していったのだ。

エーダンは素知らぬふりでうなずいていたが、目はたしかに羊皮紙を追っていた。ジェーンは寝室へ下がると、すぐにまたこっそり大広間へ戻ってきた。彼は炉床の火のそばで立ったまま原稿を読むのに集中していて、目を細めて羊皮紙を握りしめているところを戸口の陰からジェーンに見られていることに気づいていなかった。数分後、彼は唇を湿らし、手の甲で額に浮かぶ玉のような汗を拭《ぬぐ》った。

「じゅうぶん休んだわ」わざと大きな声で言いながら、ジェーンは颯爽《さっそう》と広間に入っていった。「ちょっと！」彼が盗み読みしていることに憤慨したふりをして叫ぶ。「それはわたしの原稿よ！　読まないでと言ったでしょう！」

エーダンがさっと顔を上げた。目は暗く瞳孔《どうこう》は開き、息づかいが荒く、まるでマラソンをしたあとみたいに胸が大きく波打っている。

彼はジェーンに向かって羊皮紙を振った。「これは……この……わけのわからない文章はなんだ？」ベンジェンスはきっぱりと言うつもりが、声はかすれていた。胸が苦しく、脚のあいだの例の場所が大きく膨らんで……痛い、なんだこの痛みは！　とっさにキルトの生地の上からさすり、痛みが和らぐように願ったが、触れるとますます悪化するようだ。彼は急に気分が悪くなり、手を離してジェーンをにらみつけた。彼女は今のベンジェンスの行為を、とても興味深そうに見ていた。

ジェーンは彼を隅に追いつめて手から原稿を奪い取ろうとしたが、彼はその手を頭の上にあげた。

「返してちょうだい」彼女は怒鳴った。

「断る」ベンジェンスは立ったままジェーンを、彼女の顎を、首をじっと見た。そして胸も。「ここに書かれている男は」こわばった声で言う。「黒髪で、目の色もわたしと同じだ」

「だから？」彼女は穏やかに訊いた。

「ここに書かれているのはわたしだ」ベンジェンスは責めるように言った。ジェーンがまったく否定しそうにないので、彼は顔をしかめた。「こういうのは良識のある女が書くものでは――」そこで口をつぐみ、良識ある女のいったい何を自分は知っているというのだろうと思った。彼女から学んだこと以外、人間の女性のことなど何も知らないのに。ジェーンをじっと見て思考を働かせようとしたが、体のあちこちが妙な反応を示すので何も考えられなかった。呼吸は浅くなり、口の中がからからに乾いて、心臓が激しく打っている。ベンジェンスは全身に活力がみなぎるのを感じた。あらゆる感覚が目を覚まし……要求した。彼の体は触れることに飢えていた。「唇を重ねると言っていたが、それをすると――」羊皮紙にちらりと視線を戻す。「身を焦がすような欲望の炎が燃え上がるのか？」ずっと寒い思いをしてきた彼は、そんな炎の熱を感じたくてたまらなかった。

「ええ、もし男性が上手ならね」ジェーンはいたずらっぽく言った。「でも、あなたは人間じゃないんでしょう？　あなたの場合はうまくいかないかもしれないわ」

「どうしておまえにそんなことがわかる？」

「わかるわよ」彼女は挑発的に言い返した。「あなたにそれだけの資質があるとは思えないもの」

「おまえの言う資質がどういうものなのか知らないが、わたしは体のつくりは人間と同じようにできている」ベンジェンスはいきり立った。「見かけにしたって、どの村人ともたいして変わらない」一瞬考え込んでから、「実際、彼らより体つきはいいと思う」と釈明するようにつけ加えた。「脚は彼らより丈夫だ」腿が見えるようにプレードをずらす。「そうだろう？　それに肩幅だって広い。身長も高いし胴まわりもあるが、贅肉はついていない」

彼が得意げに説明するのを見て、ジェーンはよだれを垂らさないようにするのが精いっぱいだった。体つきがいいですって？　それどころじゃないわ！　彼が表紙になれば、女性誌の売り上げは天井知らずよ！

「どうだっていいわ」ティーンエージャーの姪《めい》、ジェシカの口癖で、これが最も腹の立つ返答のひとつだった。ジェーンは、彼が何を言おうと何をしようといっさい興味がないという口調で言った。

「そんな簡単にわたしを退けないほうがいい」彼がうなった。

張りつめた空気の中、ふたりは長いあいだ見つめ合っていたが、やがてエーダンがちらりと羊皮紙に視線を戻した。「わたしが人間であろうとなかろうと、ここに書かれていることを読めば、おまえがわたしにこういうことをしてもらいたいと望んでいるのは明らかだ」違うなら否定してみろと言わんばかりだ。

ジェーンはごくりと喉を鳴らした。ここに書かれているようなことはしないでと命令するふりをするべき？　それとも彼の言うとおりだと認めるべきかしら？　彼女は今、微妙な状況にいる。あとほんの少し彼の背中を押すにはどうすればいいのかわからない。飢えきった獣のように彼がジェーンに襲いかかるまで、もうひと息だ――ああ、どれだけそうしてほしいと願っているか！　運のめぐり合わせか、まさに彼女のこうした戸惑いが、うまい具合にエーダンを挑発した。ジェーンが答えをためらい、考え込んだときによくやるように下唇をかんでいると、彼の視線がそこにじっと注がれた。彼の目が細くなる。

「おまえは望んでいる。そうでなければ、すぐに否定するはずだ」

ジェーンはうなずいた。

「なぜだ？」かすれた声で彼が尋ねる。

「それは……その、わたしが幸せな気分になれるからかしら？」髪を指に巻きつけながら、弱々しい口調で彼女は答えた。

まるで今のがもっともな理由であるかのようにベンジェンスはうなずいた。一瞬ためらったあと、低い声で言う。「おまえは今、それを望んでいるのか？今この瞬間？　この場所で？」両手が固く握りしめられ、羊皮紙が半分くしゃくしゃになっている。いまいましいことに、さっきまで大きかった声は、急にまたうぶな少年のように小さくなった。彼は自分がどうしようもない愚か者に思えた。その一方で、これは避けられない運命という気もする。

彼を見つめていたジェーンは、切望で喉が締めつけられる思いがした。空気や食べ物が必要なのと同じように、彼女はエーダンのすべてが欲しかった。心を生かし、栄養を与えるためには、彼がどうしても必要だ。ジェーンは声に出して答える自信がなかったので、ただうなずいた。

ベンジェンスは動かずにじっと立っていたが、頭の中ではものすごい勢いで思考が駆けめぐっていた。王は、己の体を人間の女に触れさせてはならないと彼に命じた。しかし、ベンジェンスのほうから女に触れることについては、王は何も言わなかった。彼にはどうしても知りたくて、さっきからうずうずしているることがある。本当に〝身を焦がすような欲望の炎〟などというものがあるのだろうか？　もしあるとしたら、それはどんな感じがするのだ？「望みをかなえてほしいなら、おまえはわたしに触れてはならない」彼は警告した。

「あなたに触れてはいけないですって？」ジェーンが訊き返した。「そんなのばかげてるわ！　あなたの王様がどうしてそんなばかばかしいルールを決めたのか、不思議に思わないの？」

「こちらの条件はのんでもらう。おまえが書いたとおりのことをしてやる。ただし、おまえがわたしに触れないと誓うならだ」

「わかったわ」ジェーンはつっけんどんに応えた。彼がわたしに触れてくれるなら、なんだって従うわよ。必要とあらば、喜んでおとなしくベッドに縛りつけられてあげる。そうね……それもなかなか興味をそそられるわ。

エーダンが前に出ると、ジェーンはつんと顎を上げて彼の顔を見た。

彼はそこに書かれていることを覚えようとするかのように、さっと羊皮紙に目を走らせた。「最初、わたしはおまえの唇に軽く唇をかすめる。おまえはわずかに口を開く」

「臨機応変《バイ・イヤー》にやりましょう」ほんの少しエーダンのほうに顔を近づけ、彼が気持ちを変えませんようにと心から祈りながら、ジェーンは言った。あまりにも長く彼の手に触れられるのを切望していたので、その瞬間が来たら体が燃えてしまうのではないだろうか。

彼は驚きと混乱の面持ちで、さっと羊皮紙を見直した。「おまえの書いた文章の中に耳《イヤー》のことなど出てこないぞ。わたしは耳にも何かするのか？」

ジェーンはいらいらして、もう少しで鼻を鳴らしそうになった。彼の手から羊皮紙をもぎ取って言う。「今のは言葉のあやよ、エーダン。つまり、やりながら考えましょうってこと。とにかく始めましょう。大丈夫、あなたならうまくやれるわ」

「わたしはただ、お互いが適切な姿勢かどうか確かめようとしただけだ」彼の口調はこわばっていた。

〝適切〟なんて、どうだっていいのよ。ジェーンは心の中でそうつぶやき、舌で唇を湿らせながら熱いまなざしで彼の顔を見上げた。適切になど、やってほしくないのだから。「わたしに触って」

エーダンは慎重に上体を近づけた。

磁石に引き寄せられる鉄のように、ジェーンは体を前に倒した。ラップみたいにエーダンにぴったりくっつくまでは満足できない。ジェーンのほうから彼に触るのは禁止されているものの、いったん向こうが触れてきたら、彼女が体を押しつけても問題はないはずだ。

ところが依然としてエーダンは動かなかった。

「早く始めたらどう?」

「〝最も秘められた場所〟というのがよくわからない」彼はしぶしぶ認めた。いったいわたしはどうしてしまったのだ? 要求どおりジェーンは彼に触れていない。だが、彼女の胸の先端が彼の胸をかすめそうになり、体温が伝わってくると、ベンジェンスはふいに切迫感に襲われて不安になった。

「わたしが見つけるのを手伝ってあげるわ」熱っぽい口調でジェーンが請け合う。

「おまえは背が低すぎる」ベンジェンスは話をはぐらかした。

すぐさまジェーンは炉床のそばから足のせ台を取ってきて彼の足もとに置き、その上に立った。結果、ふたりはほんの二センチほどのところで鼻と鼻を突き合わせる格好となった。

ジェーンはじっと彼を見つめた。心臓が激しく打っている。

エーダンもまた静かに彼女を見返していた。

ふたりの息が混ざり合う。彼は視線をジェーンの目から唇に落とした。それからまた目に戻し、ふたたび唇に落とす。唇を湿らせ、彼女をじっと見つめた。

ジェーンは彼に触れないよう両手を背中で組んだ。もし触れたら、それを口実にエーダンが逃げるとわかっていたからだ。実際には触れていなくても、これほど近くにいると極めて親密な雰囲気だった。それに彼女を見るエーダンの目――むき出しの渇望と情熱をたたえたあの目！

ジェーンの口から小さな音が漏れた。彼も同じように応じてから、無意識のうちに発した自分のうめき声に驚いている様子だった。彼女はエーダンが残り一センチの距離を埋めるのを待つあいだ、ほとんど息を止めた状態でいた。暗くて無骨な性的魅力と愛の行為を知らない純真さは、抗しがたいほどエロティックな取り合わせだ。目の前にいる男性は性的なことにかけては熟練者だと彼女は確信していたが、今の彼はまるでこれが初体験で、ひとつひとつの触れ合いが未知の世界のことであるかのようだった。

ジェーンが二分の一センチを埋めると、彼も残りの二分の一センチを埋めた。

ふたりの唇が重なる。

なんて冷たいの！　彼女は愕然とした。氷みたい。

なんて熱いんだ。彼は啞然《あぜん》とした。燃えるようだ。

ベンジェンスはうっとりした気分で、唇をさらにジェーンの唇に押しつけた。舌を使って何かするのは知っていたが、具体的にどうすればいいのかはわからなかった。

「わたしを味わって」ジェーンが彼の口もとに向かってささやく。「唇に残ったジュースをなめるように、わたしを味わってちょうだい」

なるほど。彼女の柔らかい唇の感触に魅了されながら、ベンジェンスは舌先をその合わせ目に這わせた。そしてジェーンが口を開くと、焼き菓子の中からクリームをほんの少しなめ取るように彼女を味わった。

彼女のほうがはるかに甘い。

あとは体が、ベンジェンスが知らないことを知っているように勝手に動いた。かすれたうめき声とともに舌をジェーンの口の中に差し入れると、彼女の体を自分の体に密着させるように両腕を背中にまわした。だがすぐさまこれでは不じゅうぶんだと判断した彼は、ジェーンの頭をしかるべき位置に持ってくる必要があると考えた。彼女の髪の奥まで両手を差し込んで顔をしっかり固定し、ふたりの息が切れるまでキスをする。

なんてすばらしいんだ。ベンジェンスは驚嘆し、彼女をじっと見つめた。人さし指で自分の唇に触れると温かかった。

それにわたしにキスされて、ジェーンは一段と美しくなった! 彼は畏敬の念に打たれた。彼女の唇はふっくらと膨れ上がり、目は宝石のようにきらめいて、肌は薔薇色に染まっている。わたしが彼女をこうさせたのだ。彼は自分が誇らしく思えた。唇を重ねるだけで、わたしは女をより美しくさせることができる。わたしにこんな力があることを、王は一度も教えてくれなかった。もっとほかの部分にキスしたら、彼女はどこまで美しくなるのだろう?

「おまえは美しい」声の調子がいつもとはまったく違っている。出てきたのは、くぐもったような、かすれた声だった。「何も言うな、まだ終わっていない」

ベンジェンスはもう一度キスをして、ジェーンの言葉をのみ込んだ。親指で蝶の羽のように軽く触れながら首筋の繊細な肌にそっと円を描き、顎を伝って顔へと移動する。それから少し体を引いて、今度は彼女の顔全体に両手を走らせた。綿毛のような眉から、小ぶりで形の整った鼻や高い頬骨、額のV字形の生え際から顎の先と、あらゆる部分の感触を吸収していく。

柔らかくて気持ちがいい唇。

彼がいつまでも指をそこに置いたままにしていると、ジェーンに指先をそっと吸われ、脚のあいだまで一気に熱が走った。彼女の唇に指をすっぽり覆われている光景を想像し、ベンジェンスはもう少しで頭がどうかなりそうになった。そしてほかにも何か、長らく忘れていた、女がすることでこのうえなく心地よいことがあったのを思い出した。彼ははっと息をのんだ。

ジェーンはじっと彼を見つめていた。指を口に含んだまま、彼を信じ、琥珀色に輝く目を大きく見開いて。胸にある種の痛みを覚え、ベンジェンスは気が変になりそうになった。

両手でジェーンの頬を包み、彼女の体温を吸い取って自分の体を温めようとするかのようにキスをする。そして実際、彼は温まった気がした。「わたしの匂いがおまえの肌に移るまで、おまえに触れたい」うなるようにそう言ったものの、理由はわからなかった。「隅々まで」

だが、ジェーンにはわかっていた。それは雄が自分の縄張りに印をつけるやり方だ。頭のてっぺんから足のつま先まで自分の匂いをつけるように女を愛するのだ。ジェーンは了解の印に彼の口に向かってすすり泣きに似た声を出し、背中の後ろで両手をぎゅっと握りしめた。彼に触れられないのは耐えがたい苦痛だ。

彼は足のせ台からジェーンを持ち上げると、まるで羽根のように軽々と抱き上げ、自分の体に密着するように抱き寄せた。そして硬く熱い高まりを、彼女の脚のあいだに押し込む。

わたしは死ぬのだ。ぼんやりとベンジェンスは思った。上掛けによる発疹か何か知らないが、例の腫《は》れ上がった部分はあれからいっさい回復する様子はなく、ジェーンの体に触れるとかっと熱くなってずきずきと痛みだした。やはりわたしは死ぬに違いない。こんな痛みに長いあいだ耐えられる者はいないはずだ。

もしかすると、羊皮紙に書かれていたように着ているものを脱ぎ、タータンも外してジェーンに見てもらえば、どこが悪いか教えてくれるかもしれない。だが、まだだめだ――あと数回キスをしてからでないと。わたしの脚のあいだのものを見たら、彼女は気持ち悪がって逃げるかもしれない。少なくとも今、わたしは温かい……とても。ベンジェンスは両手をジェーンの髪から抜き、彼女の胸に置いた。そして身震いを一回、二回、三回したあと、完全に自制心を失った。

自分が何をしたのか、ベンジェンスはまったく覚えていなかった。狂気に自分を見失い、気がつくと、足のせ台の上に裸で立っているジェーンを見ていた。床には破れたドレスが落ちている。ドレスを脱がせたというはっきりした記憶はなかった。欲望があまりにも性急ですさまじかったために、彼女の着ているものをすべて剝ぎ取ってしまったらしい。

「怪我をさせてないか？」彼は語気を強めて尋ねた。

ジェーンは目を見開き、首を振った。「わたしに触って」優しく促す。「わたしの最も秘められた場所を見つけて。あなたの好きなように探せばいいわ」

ベンジェンスは彼女のまわりをゆっくりとまわった。驚嘆の目でジェーンの体を隅々まで眺めているあいだ、彼女は裸のままじっと足のせ台の上に立っていた。そしてふたたび正面に戻ってきて向かい合ったとき、彼は思わず息をのんだ。またただ。ジェーンはさっきよりも美しくなっている。目は何かを知っているように気だるい光を宿していたが、何を知っているかはベンジェンスにはわからなかった。彼女は光り輝いているものの眠ったように静かで、欲望に満ちた肌は頭のてっぺんから足のつま先まで紅潮している。

ベンジェンスは両手を前に出し、張りのある豊満な胸をてのひらで寄せた。すばらしい感触だ。とても。ふたりの目が合い、彼女がそっとうめき声を漏らすと、ベンジェンスの体に震えが走った。

「キスを――」

「わかっている」ジェーンが何を求めているか察したベンジェンスは、ふっくらと盛り上がった胸に顔を近づけた。なぜそんなことをしたいと強く思ったのかわからないが、彼は片方の乳首を、続いてもう一方の乳首を口に含んだ。そして片手を彼女の柔らかな腿のあいだにそっと差し入れ、ぬくもりと潤いを探して……。

とたんに、ある光景が脳裏に浮かんだ。彼は別人になっていた。柔らかな腿や激しい愛の行為のことをよく知っている男。すべてのものを、すべての人を失った男に。

〝エーダン、行かないで！〟子供が泣きじゃくる。〝せめてママとパパが家に帰ってくるまで待ってて！〟

〝もう行かなければならないんだ〟男は少女を両手で抱きしめ、そっと彼女の涙を拭《ふ》いた。〝たったの五年だ。わたしが戻ってくるころ、おまえはまだほんの一三歳だよ〟男は目を閉じた。〝ママとパパにメモを残しておいたから〟

〝だめよ！　エーダン。わたしを置いてかないで〟少女が胸も張り裂けんばかりに泣きながら叫ぶ。〝愛してるわ！〟

「ああっ！」彼はそう叫んでジェーンを突き放し、両手で自分の頭を押さえた。

言葉にならない大声をあげ、背中が壁に当たるまで後退する。

「エーダン！　どうしたの？」ジェーンは叫び、足のせ台から飛びおりて彼に駆け寄った。

「その名前で呼ぶな！」てのひらでこめかみ部分を押さえながら彼が怒鳴る。

「でも、エーダン――」

「黙れ、静かにしろ！」

「だけど、あなたは思い出しかけているのよ」ジェーンは必死に言うと、どうにか彼に触れてなだめようとした。

ところがもう一度、彼はわめき声をあげて広間から走り去ってしまった。まるで地獄の猟犬がすぐそこまで迫ってきているかのように。

11

〝そして何よりも人間の女と親しくしようとしたり、彼女らに己の体を触れさせたりするのは賢明ではない〟

賢明ではない。

どうしてこの漠然とした表現に気づかなかったのだろう?

賢明ではない。ベンジェンスは今、とくに賢明なことをしているとは感じていない。それに刺激の少ないものを食すつもりもなければ、〝そうしないほうがいい〟という理由でカイルアキン村に寄り道しないつもりもなかった。

彼が疑い始めていたとおり、やはり王は何ひとつ命令を下していなかったのだ。

わたしはいつ、どのようにして王と出会ったのだろう? 今までベンジェンスはそれについて考えたことがなかった。わたしは妖精界で生を受け、ずっと王に仕えているのだろうか？　それとも王とはもっとあとに出会ったのか？なぜ思い出せないのだ？

ベンジェンスは波が静かに打ち寄せる海岸に座り、短剣の刃でてのひらを叩いていた。

妖精は血が出ない。傷口がすぐに癒《い》えてしまうからだ。

彼は短剣の刃を握りしめた。てのひらの中から血があふれ出し、かたわらにぽたりと落ちた。ベンジェンスは手を広げ、傷口をじっと眺めた。

傷口は深く切れたまま、赤黒い血がにじみ出ている。

彼の口から大きな安堵《あんど》のため息が漏れた。

わたしはいったい何歳なのだろう？　どれくらい生きているのだ？　なぜ今まで生きてきた過程における自分の変化を覚えていないのだろう？　人間の髪はなぜ白くなるんだ？　わたしはどこも変わらないのに。

妖精界では何も変わらない。

もし帰れなければ、わたしのこの長い黒髪もいつか白くなるのだろうか？

不思議なことに、その考えにベンジェンスは心を引かれた。ふと、ひとりの子供の姿が頭に浮かんだ。きっと村から来た幼い少女のひとりだろう。彼はその少女を抱きしめて、彼女の涙を拭っていた。木のぼりを教えたり、一緒に木の船をつくって波に浮かべたり、生まれてすぐに母親を亡くして鳴いている子猫のきょうだいを連れてきたりもした。

「わたしは誰なんだ?」ベンジェンスは頭を押さえて叫んだ。

いや、正しくはこう言うべきなのだろう——わたしは誰だったのだ?

ジェーンは城の玄関階段からエーダンの様子をうかがっていた。夕闇が深まる中、彼はこちらに背を向けて座り、頭を押さえて海のほうをじっと見つめている。片方の手に血が広がり、腕を伝ってしたたり落ちていた。ふいに彼が立ち上がったかと思うと、何か銀色に光るものがジェーンの目にとまった。彼が放り投げた短剣は、くるくる回転しながら波にのまれていった。

潮風がエーダンの頭に吹きつけて黒い髪が乱れ、もつれた絹糸のようになっている。ブレードは頑健な体の線に沿って風にはためいていた。

彼は孤独でたくましく、まったく手の届かない存在のように見えた。

ジェーンの目が涙でかすんだ。「愛しているわ、エーダン・マッキノン」風に向かってささやく。

その声が風にのって海岸まで届いたかのように、エーダンがくるりと振り向き、まっすぐジェーンを見つめた。薄れゆく夕日に照らされた彼の頬は濡れて光っている。

エーダンはうなずくとまた彼女に背を向け、うなだれて海岸から歩み去った。ジェーンは追いかけようとして、すぐに足を止めた。彼の目には深い孤独の色が浮かび、とても寂しそうだったが、同時に大きな怒りもたたえていた。向けられた背中はひとりになりたいとはっきり告げている。ジェーンは無理強いしたくなかった。エーダンが何を苦しんでいるのか、まったくわからない。記憶が戻ったのは飛び上がるほどうれしかったが、そのことで彼が苦しんでいるのを見るのはひどくつらい。ジェーンは身を引き裂かれる思いで、彼の姿が岩だらけの海岸線の向こうに消えるまでじっと眺めていた。

12

彼は三日間、帰ってこなかった。それはジェーン・シリーにとって、人生で最も苦悶《くもん》に満ちた三日間だった。

急ぎすぎたのだと、ジェーンは毎日自分をののしった。彼が岩だらけの海岸を歩き始めたとき、どうして追いかけなかったのかと自らを責めた。

作業をしに来た村人たちには、ご主人様は馬のことでちょっと人に会いに行っていて、そのうち帰ってくると嘘をついた。

そして夜になると、孤独な女がひとりで眠るには大きすぎるベッドでセックスポットと一緒に丸くなり、村人たちに告げた言葉が現実になりますようにと祈った。

13

エーダンが戻ってきたのは真夜中だった。

いきなりジェーンを起こすと、何もまとっていない彼女の体から上掛けを引き剝がし、不満そうに鳴く子猫をベッドから放り出した。

「エーダン！」ジェーンは息をのみ、彼をじっと見上げた。エーダンがものすごい形相をしていたので、彼女の寝ぼけていた頭が一気に目覚めた。

彼はベッドの足もとのほうに立ち、アクアマリンの目で一糸まとわぬジェーンの体を隅々まで眺めている。髪は編まれていた。表情は暗く、顎は黒い無精ひげで覆われている。この数週間で痩《や》せたようだ。頑健で筋骨たくましいことに変わりはなかったが、体が引きしまり、長いあいだ何も食べずに放浪していた野生の狼《おおかみ》のような飢えた目をしていた。

エーダンは無言でシャツを剝ぎ取ってブーツを脱ぎ捨て、彼女に近づいた。

彼の全身から怒りがあふれているのを感じ、ジェーンは思わずヘッドボードまで下がって身を守るように胸の前で腕を組んだ。

「よせ」優しく脅すようにエーダンが言う。「さんざんおまえに触れさせようとしておきながら、今さら拒否はさせない」

彼女は目を見開いた。「わ、わたしは――」

「わたしに触れろ」彼はプレードの結び目をほどいて床に落とした。

ジェーンは口をあんぐりと開けた。「わ、わたし――」もう一度言おうとするが、またしても言葉が続かない。

「わたしに何か問題でもあるのか？」

「な、ないわ」彼女はなんとか答えた。「ないわよ。あるわけないじゃない」

ごくりと唾をのみ込む。

「それならこれは？」エーダンはそそり立った男性自身を手で握った。「これはこういうものなのか？」

「まあ」彼女はうやうやしい口調で言った。「もちろん」

彼は怪訝そうにジェーンを見た。「口先だけで言っているんじゃないだろうな？」

彼女は目を見開いて、首を横に振った。

「それならわたしにキスをしてくれ。早く」彼は一瞬間を置いてから、張りつめた声でつけ足した。「寒いんだ。とても寒い」

ジェーンは息が喉に詰まり、目が涙でかすんだ。今にも壊れてしまいそうなエーダンの姿を見て、彼女の中にあった恐怖はたちまち消えていった。ジェーンはベッドに膝立ちになり、彼に手を差しのべた。

ジェーンの目に浮かぶ招待状が唯一の支えであるかのように、エーダンは目を見つめたまま手を彼女の手の上にゆっくりとのせ、導かれるままベッドに上がって彼女と向き合った。

ジェーンがちらりと下を向いて重なった手を見ると、エーダンもそれにならった。彼女の小さな色白の手は、修復作業で荒れて日に焼けた彼の手にすっぽり包まれている。ジェーンは指をからめ、握りしめてくる彼の手の実際の感触を初めて味わった。今この瞬間まで、エーダンには夢の中でしか触れたことがなかったのだ。ジェーンは目を閉じ、彼の手を隅々まで感じた。

目を開くと、エーダンが期待のこもったまなざしで彼女を見ていた。「おまえのことを知っているような気がするときがある」

「知っているのよ」声を途切らせて彼女は言った。「わたしはジェーンよ」あなたのジェーンよ、と叫びたかった。

エーダンはしばらくためらってから、ようやく口を開いた。「わたしはエーダン。エーダン・マッキノンだ」

ジェーンは驚嘆の目で彼を見つめた。「思い出したの？　ああ、エーダン――」

彼は人さし指をジェーンの口もとに当て、言葉をさえぎった。「それがどうした？　村の者たちはそう思っている。おまえもそう思っている。わたしがそう思って何がいけない？」

ジェーンの心はふたたび沈んだ。エーダンは思い出していなかった。

でも……彼はここにいる。そして彼に触れてもいいと言ってくれている。ジェーンは手に入れられるものを手に入れるつもりだった。

「ジェーン」切迫した様子で彼が言った。「本当にわたしは人間の男と変わりないのか？」

「何もかも人間の男性と同じよ」彼女は請け合った。

「それなら人間の男が、おまえのような人間の女と何をするのか教えてくれ」

まあ。ジェーンは胸がどきどきしてきた。エーダンの目はとても純粋で期待に満ちていて、いつもの絶望感はほとんど見いだせない。

「まず」ジェーンは彼の手を持ち上げて自分の唇に当てた。「男が女にキスするの。こんなふうに」エーダンのてのひらにそっとキスをして、その場所を包むように手を閉じさせる。今度は彼がジェーンの両手に同じことをし、敏感なてのひらに長くキスをした。

「それから」ジェーンは声をひそめて言った。「男は女に自分の体のすべてを触れさせるの。こんなふうに」手を彼のたくましい腕に這わせて上に移動させ、すっと髪に差し入れる。革紐を外し、編まれた髪を手ですくと、つややかな黒髪が顔のまわりに垂れた。両手でエーダンの頬を包み、目をじっと見つめる。ジェーンに触れられているあいだ、彼の目の焦点は定まっていなかった。

「もっと」触れられることに飢えた野良猫のように彼は急《せ》かした。

「それから女は彼のここにも触れる」ジェーンはエーダンの肩から背中、引きしまった臀部に指先を走らせ、見事な腹筋を通って胸に戻ってきた。彼女は我慢できずに頭を下げ、彼の胸をなめて塩辛い肌を味わった。

エーダンの口から荒々しいうめき声が漏れ、欲望の証の熱が彼女の腿を刺激した。

その感触にジェーンはすすり泣き、体を彼に押しつけた。彼の首、顎、唇を味わい、両手を髪にうずめる。「それから彼は唇をかすめ――」

「そこは知っている」誇らしげにエーダンは言った。

口をジェーンの口にぴったりと合わせてキスをする。飢えた深いキスをしながら、エーダンは彼女の体を引き寄せた。

何も身につけていないジェーンの肌を感じ、彼は頭がくらくらした。体が燃えるように熱くなって、すばらしい感覚に打ち震える。エーダンは知らなかった。触れることにこんな歓びがあるとは思ってもいなかった。ジェーンの小さな手はどんな火よりも体を熱くし、彼は心の中で膝からくずおれた。

ジェーンはエーダンが人間の男と変わりないと言い、狂おしく求めるように彼に触れた。その感覚がたまらない。それは彼に感じさせた……そう、ただひたすらに感じさせた。

エーダンは彼女の唇を吸ってから、舌をぐいと奥まで押し入れた。生まれつき備わった本能的な律動に合わせて体を動かす。腕の中でジェーンが背中をそらしてベッドに横たわると、彼もそれに合わせて体を伸ばし、柔らかくみずみずしい肢体の上に重なった。「ああ、こんな感覚を覚えるのはおまえが初めてだ！」夢中でキスをし、滑らかで熱い舌を彼女の舌にからめる。ジェーンが脚をずらすと、膨れ上がった下腹部が彼女の脚のあいだにぴったりおさまったので、エーダンは思わず腰を押しつけた。ジェーンの尻を両手で持ち上げ、もっとしっかり固定する。むき出しの尻に指先を食い込ませると激しく興奮し、彼女が歓びで涙を流すまで抱いていたいという衝動に駆られた。彼女の上で自分が打ち震えるまで。すると、ある光景が彼の脳裏に浮かんだ。

男と女が裸でベッドを転がっている。男の腰の力強い動き。胸の近くまで持ち上げられた、女のほっそりした足首とふくらはぎ。肌と体の麝香《じゃこう》の香り。汗、生々しさ、熱気――。
〃おまえの一族はもういない。家もない〃闇の王が言う。
〃そんなことはない！　ハイランド中に一族はいる。わたしのハイランドに。わたしの家にも〃彼を支えているのは一族の記憶だった。それ以外にも、もっとすばらしい記憶があった。しかし、そのいちばん大切な記憶を王が盗もうとしたので、彼はそのまわりに氷を張りめぐらせた。
〃おまえの一族は一〇〇年前に全員死んだではないか、この愚か者め。忘れたのか！〃
〃そんなはずはない！　わたしの仲間は死んでなどいない〃だが、本当はそうではないことを彼は知っていた。ハイランドの土に帰っていくのは土埃だけだった。
〃おまえが気にかけていた者たちはみな死んだ。おまえがいなくてもこの世はまわる。おまえはわたしの言いつけどおりに動く獣、ベンジェンスだ〃
そしてさらに邪悪な光景が浮かんだ。そのときから例の苦しみが、終わりのない苦しみが始まった。それはいつまでも延々と続き、かつて神聖なスコットランド王の血が流れ心臓が鼓動していた場所は、ひとしずくの凍った涙と氷と化してしまった。

エーダンはうなり声をあげて彼女を押しのけた。

ジェーンは驚き、思わず後ろに下がった。急に突き放されたことに動揺して口ごもりながら言う。「ど、どうしたの――」頭を振り、冷静になって何が起きたのか理解しようとした。一分前には情熱的な愛を交わそうとしていた彼が、今は怯《おび》えた様子で震えている。「なぜやめたの?」

「わたしにはできない!」彼が怒鳴った。「痛すぎる!」

「エーダン――それはただ――」

「いいや! 無理だ!」彼は見るからに震え、目を大きく見開くと、くるりと背を向けて寝室から飛び出していった。

けれどもその暗い視線の中に、エーダンが何か思い出したことを示す光が浮かんだのをジェーンは見逃さなかった。

それは自分が誰なのかに気づいたことを示す、かすかではあるが初めての光だった。

「ああ、あなたは知っているのね」ジェーンは空っぽの部屋の中でささやいた。「そうなんでしょう」背中がぞくぞくするのを感じる。

彼は知っている。目を見ればわかった。顔に刻まれた痛みや体のこわばりからも。彼はジェーンを置いて出ていってしまった。フルラウンドを戦ったあとの、全身ぼろぼろのボクサーのような足取りで。

ふと、エーダンが自分のもとから去ってしまうのではないかという気がして、ジェーンはぞっとした。もしかすると、彼はこのまま王のところへ帰ってしまうかもしれない。そうすれば、これから向き合わなければならないことと向き合わずにすむから。

「エーダン!」ジェーンは叫び、ベッドから飛びおりて追いかけた。

だが城のどこにも、彼の姿はなかった。

14

ジェーンは肩を落とし、とぼとぼと歩いて城に入っていった。エーダンが出ていってから一週間が過ぎ、あと二日……あと二日で起こるべきことが起こる。具体的に何が起こるのかは見当もつかないが、彼と会えなくなるのはほぼ間違いないだろう。それも永遠に。

この城でも、夢の中でさえも。

もしそうなれば、わたしの人生には何が残るのだろう？　どんなものとも比べられない夢の記憶だけだ。

留守中にエーダンが戻ってくるかもしれないと思うと探しにも行けず、一週間、ジェーンはときおり泣いて過ごした。毎日やってくる村人たちとも、ほとんど会話を交わせなくなっていた。城の修復は進んでいる。でも、なんのために？　主人も女主人も四八時間後にはいなくなるかもしれないというのに。ここを離れることなんてできないわ！　起伏の多い岩だらけの荒れ地、どんなささいなことにも喜びを見つけるすべを知っている正直で働き者の村人たち。

ジェーンは洟《はな》をすすって涙をこらえ、猫の鳴き声を真似《まね》てセックスポットを呼んだ。ところが珍しく子猫は寄ってこずに、しっぽをなまめかしく振りながら石の床を走って向こうへ行ってしまった。

ジェーンは涙でかすむ目であたりを見まわし、はっとして動きを止めた。

炉床の前で、エーダンが足を足のせ台にのせて座っていたのだ。膝の上ではセックスポットが体を丸めて休んでいる。

そこに座って〝役立たずの小動物〟をなでているのは別に驚くほどのことではないというように、エーダンは数週間前にエライアスが見つけた肖像画を自分のほうに向けてテーブルに立てかけ、じっとその絵を見つめていた。

どうやらジェーンが何か物音をたてたらしく、彼は子猫の銀色の毛をなでながら、顔を上げずに言った。「ハイランドを少し歩きまわってきた。村人のひとりが親切にも船で本土へ連れていってくれた」

ジェーンは口を開きかけて途中で閉じた。胸に安堵感がどっと押し寄せてきて、もう少しで膝からくずおれそうになった。まだ二日残っている。神様、ありがとう、と彼女は心の中でささやいた。

「ずいぶん変わってしまった」エーダンがゆっくりと言った。「わたしの覚えているものはほとんど残っていなかった。何度か道に迷ったよ」

「ああ、エーダン」彼女は優しく言った。

「わたしはこの地をもう一度知る必要があった。それと……たぶん……時間が必要だったのだと思う」

「説明しなくてもいいのよ」あわててエーダンを安心させようとする。彼が戻ってきてくれただけでじゅうぶんだ。ほとんど望みを捨てていたのだから。

「そういうわけにはいかない」肖像画を見すえたまま、エーダンは言った。

「わたしにはきみに説明しなければならないことがたくさんある。きみには知る権利がある。もっとも――」慎重につけ加える。「今でもきみがこの城でわたしと一緒に暮らしたいと思っているなら、だが」

「今でもこのお城であなたと一緒に暮らしたいと思っているわ、エーダン」ジェーンはすかさず答えた。彼の体からはいくらか緊張が取れているようだ。どう言えばエーダンはわかってくれるかしら？　わたしが〝城〟だけでなく、自分の体も心も彼と共用したいと思っていることを。ジェーンはすべてを彼と共用したかった。でも、知らなければならないことがある。エーダンの口から直接聞かなければならないことが。「自分が誰か思い出した？」彼女は息を止めて返答を待った。

エーダンがまっすぐジェーンを見た。口もとには苦い笑みが浮かんでいる。「ああ、思い出した。わたしはエーダン・マッキノン。スカイ島のホーコン城の主、フィンダナス・マッキノンとソーシー・メアリーの息子。八九八年生まれ。ケネス・マカルピンの孫で三代目スコットランド王。そして一族の最後の生き残りだ」彼は視線を肖像画に戻した。

エーダンの言葉づかいは王者らしく実に堂々としていたが、同時に深い悲しみを帯びていて、ジェーンは背筋がぞっとするのを感じた。「それはわかったから、あとはあなたの望みを聞かせて」彼女はそっと言った。

「それならわたしの話をよく聞いてくれ。でないと、今度いつ話す気になるかわからない」そう言っておきながらエーダンは黙り込み、正しい言葉を探しているかのように火をじっと見つめていた。

ようやく物思いから覚めて語りだす。「わたしが三〇歳のとき、一見……人間の男とも思える者が……この城にやってきた。最初、わたしに決闘を挑みに来たのだと思った。わたしは偉大なマカルピンの子孫で、すべての島で最も強い戦士と喧伝《けんでん》されていたからだ。たぶん、わたしは少しうぬぼれていたのだろう」彼は自嘲するように顔をゆがめた。

「だが、その男は……」言葉が途切れ、エーダンは頭を振った。「その男は――彼にはこのわたしでさえぞっとした。外見は人間と変わらないのだが、中身は死んでいる。氷みたいに冷たい。人間ではない人間。意味不明なことを言っているのはわかっている。でも、なんらかの形で命を全部吸い取られ、にもかかわらずまだ息をしている、彼はまるでそんな感じだった。わたしは彼が仲間に危害を加え、そうすることでわたしを嘲弄《ちょうろう》しようとしているのではないかと恐れた。彼は上背も身幅もあり、とにかく大きく、人間よりも力があった」

エーダンが記憶の世界に入り込んで黙ってしまうと、ジェーンはそっと先を促した。「続けて」

　彼はひとつ深呼吸をした。「母と父は、末の妹以外、わたしのきょうだい全員を連れて海に出ていた。わたしは幼い妹とここで留守番をしていた」エーダンは身ぶりで肖像画を示した。「ローズだ」目を閉じてまぶたをこする。「たしかにわたしには己の傲慢《ごうまん》さを黙認してきたところがあったかもしれないが、わたしが望んだのは、ただ自分の家族や子供を持ち、きょうだいの成長を見守り、彼らの子供を育てることだけだった。素朴な生活を送ること。そして名誉を重んじる人間になることだけを考えてきた。土の中に埋められるとき、〝あの人はいい人だった〟と言われるような人間に。ところがあの日、それらが現実になることはないと知った。わたしのところへやってきたその男は、わたしの世界を全滅させると脅してきたのだ。彼なら本当にやれるだろうとわたしは思った」

　ジェーンは涙で目をかすませ、急いでエーダンに駆け寄ると足のせ台に腰をおろし、励ますように彼の腿にそっと手を置いた。

　エーダンはその手に自分の手を重ね、肖像画を見つめた。

しばらくして向き直った彼の顔を見て、ジェーンはその目に浮かぶ苦悩の影に小さく息をのんだ。彼のまぶたにキスしたかった。そうすれば彼の苦しみをすべて拭い去り、二度と傷つかないようにしてあげられそうな気がした。

「わたしは彼と取り引きをした。わたしの一族をそっとしておいてくれるなら、一緒に王のところへ行くと。王に条件を提示され、わたしはそれをのんだ。五年は支払うには最悪の代償だと思いながら。氷に覆われた闇の国で本当に五年も耐えられるのだろうかと考えた。だが、実際は五年などではなかった――五〇〇年だったんだよ。五〇〇年、そしてわたしは忘れた。忘れてしまったのだ」エーダンは握りこぶしで椅子の肘掛けを殴った。そして子猫をジェーンの前に突き出し、さっと立ち上がって広間を行ったり来たりし始めた。急に騒がしくなって驚いたセックスポットは、そそくさと静かな寝室へ退散した。

「わたしも彼のようになってしまった――わたしを連れに来た、あいつのように。わたしはすべての名誉を失った。この世で最も卑しむべきものになり下がってしまったのだ。最も卑しむべき――」

「エーダン、やめて」ジェーンは叫んだ。

「わたしは自分が忌み嫌っていたものになってしまったんだ！」

「あなたは苦しんだのよ」彼女は擁護した。「生き延びられる人なんていないわ。五〇〇年も……」五〇〇年間、彼が何に耐えてきたのかわからず、ジェーンの声は途切れた。

エーダンが怒ったように鼻を鳴らした。「わたしは忘れたのだ。王がわたしにしたことから逃れるために。一族の記憶も、ローズの記憶もなくした。忘れれば忘れるほど、王から罰を受けなくてすんだのだ。ああ、闇の王の世界には恐ろしいものが、とても恐ろしい……」頭を振り、うなり声をあげる。

「忘れるしかなかったのよ」ジェーンは切々と言った。「あなたが今まで生き延びたのは奇跡だわ。それにあなたは、あなたのもとへやってきたその男と同じになってしまったと思っているかもしれないけど――決してそんなものにはなっていない。ここへ来たとき、わたしはあなたの善良さを見たもの。優しさも。心のどこかでは普通の人間に戻りたくてたまらないと思っていることも」

「でも、きみはわたしがしてきたことを知らない」エーダンの声は荒々しくて低く、決して許されないという響きがあった。

「知る必要ないわ。あなたが話したいというなら別だけど、わたしは知らなくてもかまわない。あなたが二度と今までのように戻らないことがわかれば、それだけでじゅうぶんよ。もう戻らないでしょう?」ジェーンは念を押した。

エーダンはどうしたらいいのかわからず自己嫌悪でいっぱいといった面持ちで、何も言わずにただその場に立ちつくしていた。彼がこくりとうなずくと、髪が前に垂れて顔を覆った。

「わたしと一緒にいてちょうだい。あなたが欲しいの、エーダン」ジェーンは胸が痛くなった。

「まさか。わたしと一緒にいたいと思う人間などいるわけがない」悲痛に満ちた声だった。

なるほど、わかったわ、と彼女は思った。エーダンは人間界に戻りたいと思っている――だから王のところへは帰らずにホーコン城へ戻ってきた――でも自分にそんな資格はないとも思っている。自分と一緒にいたがる人間などいないのではないかと恐れているのよ。かつての正体を知ったら、わたしが彼から離れていくと思っているんだわ。

エーダンはちらりとジェーンのほうを見てから、すぐにまた視線をそらした。けれども、絶望した彼の目に希望の光が浮かんだのを彼女は見逃さなかった。

ジェーンは立ち上がって片手を差しのべた。「わたしの手をとって、エーダン。あなたがするのはそれだけでいいのよ」

「この手が何をしたのか、きみは知らない」

「わたしの手をとって、エーダン」

「出ていくんだ。きみのような女性に、わたしみたいな者はふさわしくない」

「わたしの手をとって」彼女は繰り返した。「今でなければ一〇年後。それがだめなら二〇年後でもいいわ。だってあなたがこの手をとってくれるまで、わたしはずっとここに立ったまま待ち続けるから。あなたから離れない。絶対に離れない」

彼は苦悩に満ちた視線をジェーンに向けた。「なぜだ?」

「あなたを愛しているからよ」ジェーンの目は涙でいっぱいだった。「愛しているわ、エーダン・マッキノン。ずっとあなたが好きだったのよ」

「きみは誰だ? そもそも、なぜそこまでわたしにかまうのだ?」彼の声はかすれ、うわずっていた。

「わたしのことはまだ思い出していないの?」ジェーンは悲しそうに尋ねた。

エーダンは心のいちばん奥の、まだ氷に覆われた部分をのぞき込み、必死に思い出そうとした。だが胸の奥にはきらきら輝く頑丈な氷の塔がそびえ、何かを隠している。彼は力なく首を振った。

ジェーンはごくりと唾をのみ込んだ。関係ないわ、と自分に言い聞かせる。夢の中で一緒に過ごした時間のことをエーダンが思い出せなくても、別にかまわない。それくらいは我慢できる。残りの人生をこの島で彼と一緒に暮らせるのなら。「いいのよ」彼女は凛《りん》とした笑みを浮かべ、ようやく口を開いた。「わたしのことは思い出せなくてもいいわ。あなたが――」その先の言葉を続けるのが急に不安になり、ふいに口をつぐむ。

「わたしが、なんだ?」

ジェーンは小声で言った。「わたしを好きになれると思う? 男性が恋人を思うように?」

エーダンは大きく息をのんだ。ジェーンが知りさえすれば。放浪していたこの一週間、彼はほかのことはほとんど何も考えていなかった。彼女のために二度とここへは戻らないほうがいいとわかっていながら、結局離れていることができなかったのだ。彼女の夢を見て両手を伸ばし、目覚めて誰もいないことに気づくという日々の繰り返しだった。とうとうジェーンのことを頭から押しやれないまま、自分の記憶と向き合うことになった。己を愚か者とさげすみつつ、エーダンはふたたびホーコン城へ戻ってきた。ジェーンに自分を追い出させるために。彼女の目に浮かぶ嫌悪の念を見るために。彼女に追い払われるために。そうすれば彼の心は死ぬだろう。

ところが今、ジェーンは手を差しのべて、エーダンにここにとどまってほしいと言っている。彼女の体と心を自由にしてほしいと頼んでいる。

彼女が差し出してくれているのは、エーダンにはもったいない贈り物だったが、彼はそれを受け取ろうと心に誓った。

「本当にわたしでいいのか？　出会ったとき、とうてい人間とは言えなかったこのわたしで？　きみならいくらでも好きな男を選べる。村の男たちだっていい。いいや、スコットランドの王だって可能だ」

「わたしが欲しいのはあなただけよ。ほかには誰もいらない。これから先もずっと」

「そこまでわたしを信じられると？　きみの……伴侶として？」

「もうとっくに信じているわ」

エーダンは彼女を凝視した。何か言おうと何度か口を開いたが、結局また閉じてしまった。

「あなたに拒絶されたら海に飛び込むわ」ジェーンはわざと大げさに言った。「そして死ぬ」本当はそんなことしないけれど。わたしはそう簡単にはあきらめない。でも、そんなことを彼が知る必要はない。

「だめだ──海には行かせない！」エーダンはうなった。目をぎらつかせて彼女のほうへ歩いてくる。

「あなたがいないと寂しいのよ、エーダン」ジェーンは率直に言った。

「本当にわたしが欲しいのか？」

「何よりもあなたが欲しい。あなたがいないとわたしは不完全なの」

「それなら、きみはわたしの妻だ」今の言葉は決意だった。決してこの契りを破るまい。ジェーンはわたしのものになると言ってくれた。二度と彼女を放さない。

「わたしをひとりにしない？」彼女は迫った。

「永遠にきみと一緒だ」

ジェーンの目がぱっと明るくなり、不思議そうに彼を見た。「そして、その先も？」息を弾ませて尋ねる。

「ああ、そうだな」

「子供も持てる？」

「きみが望むなら五人でも六人でも」

「今からつくり始める？」

「ああ」エーダンの口もとが笑みでほころぶ。彼の魅力的な顔に満面の笑みが浮かぶのをジェーンは初めて見た。その効果に彼女は圧倒された。それは危険なまでの笑みで、官能的な約束にあふれている。「言っておくが」目をぎらつかせて彼は言った。「わたしは人間の男がどういうものか思い出した。何もかも全部。そして、わたしはかつて貪欲で要求の多い男だった」

「どうぞ」ジェーンはささやいた。「好きなだけ貪欲になって。要求もどんどんしていただいてけっこうよ」

「まずは小さなことから始めよう」エーダンの目は生き生きと輝いていた。

「きみの好きな、唇を重ねるところからだ」からかうように言う。

ジェーンはエーダンに抱きついた。抱きしめられて気持ちが高ぶり、彼に触れてキスをしながらしがみつく。

「わたしにはきみが必要だ」エーダンは唇を彼女の唇に斜めに這わせた。「男が知っていることを思い出してからというもの、きみへの欲望で頭がいっぱいだった」

「証明してみせて」ジェーンはすすり泣くように言った。

彼はそうした。ゆっくりと時間をかけてネグリジェを剝ぎ取り、ジェーンが一糸まとわぬ姿になると、体の隅々までキスをして味わった。

最も秘められた場所がどこであれ、エーダンは難なくそこを見つけた。

15

アンシーリー・キングはベンジェンスを失った瞬間、そのことを察知した。人間界のハイランダーはまだ記憶をすべて取り戻したわけではなかったが、彼は人間を愛し、その者から愛されている。

王の表情が珍しい変わり方をした。昼の両端が持ち上がったのだ。

人間を操るのは実にたやすい、と王は心の中であざけった。もともと自分たちにはまったく関係のないことだったと知ったら、彼らはどれだけ激昂《げっこう》するだろう。実際、今もほとんど関係はない。ベンジェンスは王がまさに期待したとおりに動いた。王が伝えた三つの漠然とした提案を曲解し、人間らしく強情に抵抗して、王が目的を果たすのに協力してくれた。

アンシーリー・キングは若いシーリー・クイーンへの渇望に常に苦しんでい

た。その昔、アンシーリー・キングがその渇望を満たす前に、彼女は彼から逃げてしまった。

以来、シーリー・クイーンは二度と彼の国に足を踏み入れようとはしなかった。

王の顔に笑みが広がる。たとえ目的を遂げるために屈辱を忍んでも、面子を失うというわけではない。

王は笑い声をかみ殺し、頭をぐいと後ろに倒すと、妖精界の隅々にまでとどろく怒りの叫び声を腹の底から発した。


闇の王の叫び声を聞いて、シーリー・クイーンはこっそり小さな笑みを漏らした。

最高の気分だ。どうやら彼が負けて、わたしが勝ったようね。そのことは彼女を寛大な気分にさせた。なみなみと注《つ》がれた杯から霊酒《ネクタル》をすすると仰向けに横たわり、だらりと手足を伸ばした。

闇の王に慰めの言葉をかけに行ったほうがいいかしら、とシーリー・クイーンは思った。なんといっても、ふたりとも王族なのだし、王族はそういうことをするものでしょう。

それに結局はわたしが勝ったんだもの。

ちょっとのぞいて、ほくそえんで、すぐに戻ってくればいい。

でも、もし王がわたしを拘束しようとしたら？　彼の国に幽閉しようとしたらどうなるの？　彼女は静かに笑った。今回はわたしが彼を打ち負かしたのよ。一〇〇〇年前、いっとき彼に檻《おり》に閉じ込められていたときよりも強くなったことを証明したんだわ。

気分をよくしたシーリー・クイーンは勝利の美酒に酔いしれ、目を閉じて思いをめぐらせた。氷に覆われた彼のねぐらに……。


王の国の氷のような冷たさに、シーリー・クイーンは息を奪われた。そこへ王が現れ、彼女は思わずはっとして冷気を肺いっぱいに吸い込んだ。王はシーリー・クイーンが記憶していた彼とは違っている。覚えていたよりもずっと魅惑的だ。真っ暗な闇が彼を包んでいる。王は極めて危険で力も強かったが、シーリー・クイーンは経験から、彼がベッドではいかに独創的で徹底しているかを知っていた。痛みや苦しみの真の精通者である彼は、ほかの者には理解できない歓びを知っているのだ。

「わたしの女王」闇のように暗く氷のように冷たい目をぎらつかせ、王は言った。

たとえ力のある妖精の女王であっても、彼の目を一瞬より長く見つめることはできなかった。王の両目はくり抜かれ、そのくぼみにはスプーンで真の混沌《こんとん》が流し入れられたと言う者もいた。

シーリー・クイーンはおじぎをして、わずかに視線をそらした。「どうやらあなたのベンジェンスを失ったようね、闇の王」声を落として言う。

「どうやらそのようだ」

王が氷の王座からゆっくり立ち上がると、シーリー・クイーンは息をのんだ。彼は完全に妖精ではなく、その血には妖精でさえ口にするのをはばかる生き物の血が混ざっている。彼が立ち上がると影が不自然な動きをした。いつもは主人とは関係なく勝手に動きまわる影が、ずるずると彼についていく。

「負けたのに落ち着いていらっしゃるようね」彼女は勝利の美酒を一滴残らず味わうつもりだった。「彼を失ったことが気にならないの？　五世紀分の努力が水の泡になったのよ」

「わたしの目的を知っているのだろう」

シーリー・クイーンは身をこわばらせ、彼の目をじっと見つめた。賢明な時間よりも一瞬長く。「わざと負けたふりをなさらないで。わたしが操られていたとでも？」この国にふさわしい氷のごとく冷たい声だった。

「敗北とは相対的なものだ」

「わたしは勝ったわ。認めなさい」彼女は言い放った。

「これがどういうゲームか、おそらくおまえは知りもしないだろう」低く滑らかな声で王は続けた。「わたしが負けて、己が強くなった気がしたから、それをほくそえむためにここへ来たのか？　わたしに会いに来ても大丈夫だと思ったか？　気をつけるんだな。わたしのような者は原因をつくって、おまえに身を落とさせようとするかもしれない。わたしのいる堕落の淵まで」

「わたしはどこへも落ちないわ」シーリー・クイーンは自分が急に愚か者に思

えた。彼の基準からいくと、彼女はまだ年端もいかない子供同然だ。それに比べて闇の王は、伝説でしか聞いたことのない年に生まれた老齢だった。

王は無言のまま、のしかかるような重たい視線でじっと彼女を見つめている。最後にここへ来たときのことを思い出し、シーリー・クイーンは身震いしそうになるのをこらえた。あのとき彼女はここから立ち去る力を奮い起こせず、危うく帰りそびれるところだった。でも——高まるみだらな期待感にもう少しでひざまずきそうになりながら彼女は認めた——そう、それほど急いで闇の王の危険なベッドから出ようとしていたわけでもない。そしてそこには二重の危険が潜んでいた……。

「わたしは慰めの言葉を捧《ささ》げに来たのよ」シーリー・クイーンはすげなく言った。

王の笑い声はそれだけで相手を魅了した。「では捧げてくれ、わたしの女王よ」彼は暗闇の渦の中を進んだ。「だが、おまえが本当に捧げたいと渇望しているものを捧げるのだ。おまえが本当は何を捧げたいと思っているかは、おまえもわたしもわかっている。素直に降伏するがいい」

そしてシーリー・クイーンの目の前まで来たときには、王は彼女を抱き上げて大きな翼をはばたかせていた。彼女は王の冷たい胸に頭をもたせかけた。深い暗闇の中、シーリー・クイーンは王の肌触りと匂いに包まれた。「お断りするわ」

「気をつけろ。わたしと一緒にいたら、安全だけは望めない」

それからずっとあとになり、王が彼女を完全に自分のものにしたとき、スコットランドのハイランドの夜空に、血に染まったような満月が浮かんだ。

エーダンはジェーンと愛を交わした。たしかなものは今日、今この瞬間だけだと信じている男のように。明日のことなどわからない一〇世紀のスコットランド人の激しさと性急さで、彼はジェーンを抱いた。明日になれば残忍な戦いが起きたり、干魃《かんばつ》や作物を壊滅させる大嵐《おおあらし》に見舞われたりするかもしれない。溺《おぼ》れかかった男が必死にすがりつくかのごとく、エーダンは愛した。どんな嵐が来ようとも、彼女はそれから守ってくれる彼の岸であり、いかだであり、港だった。

そして、ふたたび彼はジェーンと交わった。

今度はこのうえないほどの優しさで。鼓動に合わせて脈打つ首筋のほてったくぼみに唇をそっとかすめる。曲線を描く胸にキスをして、腿のあいだでつややかに光る甘美な情熱を味わい、ジェーンの最も深い部分に彼自身をうずめた。

エーダンは彼女の一部になった。ついに彼はふたりがひとつになる愛を知り、ジェーンが彼の世界であることを知った。彼女はエーダンの海であり、国であり、太陽であり、雨であり、心臓そのものだ。

彼は自分にとって何よりも大切なかけがえのないものを闇の王から隠すために、胸の奥にそびえる氷で覆われた要塞《ようさい》の中にしまっておいた。その要塞の土台にひびが入り、大きな音をたてて崩れ落ちた。

そしてついにエーダンは、そこにしまっておいたものを思い出した……彼のジェーンを。

「ジェーン、わたしの愛しいジェーン」彼がかすれた声で叫んだ。

彼女はぱっと目を見開いた。エーダンはジェーンの奥深くに入り、ゆっくり、激しく彼女を愛した。そのあいだ彼は何度も彼女の名前を呼んだが、今度は声が違った。

もしかするとエーダンは全部思い出したの？　夢の中でずっと一緒に過ごしていたときのことを？　ともに戯れては愛し合い、踊っては愛し合った日々のことを？

「エーダン？」その声には、彼女が怖くて訊けない問いがこめられていた。

腕でジェーンの頭を抱えながら、エーダンは彼女をじっと見おろした。「きみはわたしのところへ来てくれた。今、思い出したよ。寝ているときみがやってきたんだ。夢の中へ」

「そうよ」喜びの涙をにじませ、ジェーンは叫んだ。

しばらくのあいだ言葉はなかった。聞こえてくるのは情熱の吐息、恋人に心から愛された女の静かな吐息だけだ。

ようやく息ができるようになると、ジェーンは言った。「あなたはずっとわたしと一緒だったわ。わたしが成長するのを見守ってくれた。覚えてる？」照れくさそうに笑う。「一三歳のとき、あなたに会うのはほとんど恐怖に近かったわ。わたしったら不格好で――」

「そんなことはない、きみは不格好なんかじゃなかった。かわいらしい娘だったよ。きみが女らしく成熟していく姿を見て、将来どんな女性になるか想像できた。きみが早く大人になって、あらゆる方法できみを愛せる日が来るのが待ち遠しくてしかたがなかった」

「あら、こんなに長く待つ必要はなかったのに」ジェーンはずっと抱いていた不満を口にした。「ああ」乳首を軽くかまれて息をのむ。「もう一度して」

　エーダンは応じた。さらにもう一度。彼女の乳房が熟し、このうえなく敏感になるまで。それから、つんと立った乳首に無精ひげの生えた頬を軽くこすりつけ、すばらしい刺激をもたらした。

「きみが一八歳のとき、わたしはきみを求めた」彼はようやくそれだけ言った。

「だから言ったでしょう――〝長く〟って。わたしはもっと前から準備ができていたのよ。一六歳のときには……ああ！」

「きみはまだほんの子供だった」彼女の中に入ったまま、エーダンはいきり立ったように言った。

「やめないで」ジェーンは息をのんだ。

「わたしだって、きみを拒むのはどれだけ大変だったか。男のきょうだいは全員、母に釘《くぎ》を刺されていたんだ。焦らず、女性には母親になる前に子供でいる時間を与えてやるようにと」

「お願い」彼女はすすり泣いた。

その懇願を聞き入れ、彼は休みなく突いた。ジェーンはエーダンの名前を何度も呼びながら彼を引き寄せ、できるかぎり深くまで受け入れた。

ジェーンの震えがおさまるまで、彼はキスで彼女の叫びを奪った。

「じゅうぶん子供でいられたかい、ジェーン?」しばらくしてから、腕の中でうっとりと満ち足りた気分で横たわっている彼女にエーダンが尋ねた。「まさに今日、ひとりできたかもしれない」

ジェーンは顔をぱっと輝かせた。エーダンの目はふたたび暖かい南国の波のようにきらめき、口もとには優しい笑みが浮かんでいる。とうとう彼はわたしを思い出してくれた! そしてわたしのお腹には、彼の子供が宿ったかもしれない。「少なくとも六人は欲しいわ」微笑みながら、彼女は応じた。

それからまじめな顔になって、エーダンの顎に軽く触れた。「わたしが二二歳のとき、夢が変わってしまった気がしたの。前に見た夢の繰り返しになった」

手の下で彼の顎がこわばるのがわかった。

「あなたを見失ったのね。そうでしょう？」

「わたしが夢から力を得ていることを王に知られたのだ。王はわたしが夢できみと会えないようにした」エーダンは無表情で言った。

ジェーンは大きく息を吸った。「どうやって？」本当に知りたいのかどうか、自分でもわからなかった。

「聞かないほうがいい。わたしも話すつもりはない。もう終わったことだ」彼の目が暗くなる。

これ以上訊くべきではない。いずれそのときが来たら、彼は話してくれるだろう。今はエーダンが完全に彼自身に戻るのを待とう。

突然、彼が明るい笑みを浮かべた。「きみはわたしの光だ、ジェーン。わたしの笑い声、わたしの希望、わたしの愛、そして今、きみはわたしの妻になる」

「あら」ジェーンは気取って咳払《せきばら》いをした。「そんな下手なプロポーズですむと思ったら大間違いよ」

彼は声をあげて笑った。「その強情さも、わたしが最初にきみを好きになった理由のひとつだ。情熱的な気性が、凍えたわたしを温めてくれた。きみはわたしの母のように気が強く、妹のように要求が多いが、心根は優しく、夢中になると意志が弱くなる」

「誰が弱《ウィーク》いですって？」怒ったふりをして言う。

エーダンは半分閉じたまぶたの下から、挑発的な視線を送った。「きみがわたしに目《ウィーク》がないのは明らかだ。あの二週間、きみはずっとわたしを誘惑しようとして――」

「あなたがわたしのことを忘れてしまったからよ！　そうでなければ、あなたがわたしを追いまわしていたわ！」

そのことを確信していたジェーンはエーダンの下から這い出し、ベッドから飛びおりて大広間へ走った。思ったとおり彼もあとに続き、獣のように彼女のあとを追いかけた。

　そして彼は彼女を捕まえると……。

《そして彼は彼女を捕まえると、激しく情熱的な愛を交わした。天国からの美しい調べが鳴り響く。~~天国からの美しい調べが鳴り響く。~~(たしかに聞こえた。間違いなく)ホーコン城の上空に虹がかかって、きらきらと輝いている。ヘザーの花が咲き誇り、さんさんと輝く太陽の明るさでさえも、真実の愛の輝きに比べればかすんでしまう。

　そうしてふたたび彼は結婚を申し込んだ。今度は膝をつき、小さなハート形のルビーを埋め込んだ金の指輪を差し出して、彼女を永遠に、さらにその先も愛し続けると誓った。

ジェーン・~~シリー~~マッキノン著

『ハイランドの炎』未発表原稿より抜粋》

エピローグ

「最新の章を忘れないで、エーダン」ベッドから出る彼に、ジェーンは念を押した。「先週間に合わなくて、ベスとダンカンがその後どうなったか教えないと、みんなが城に押しかけるってヘンナから言われたのよ」

「わかったよ」エーダンはシャツとプレードを身につけ、サイドテーブルの上の羊皮紙を持った。ちらりと最初のページを見る。

《彼の熱い抱擁を知ったら以前の自分ではなくなることを知っていた彼女は、息を止めてキスを待った。彼女の立派なハイランダーはスコットランド王ロバート一世のために勇敢に戦い、彼女の待つ家に帰ってきたときには、心身ともに傷ついていた。だが、彼女は彼を癒《いや》してあげるつもりだった……》

「男たちが言ってるよ。奥方たちはきみの書く物語を読んでるから、その……ずっと色事に長《た》けているとね」エーダンはジェーンに言った。実際には、実に好色だと言っていた。飽くことを知らない。四六時中、夫を誘惑する方法を考えている、と。ジェーンの物語は彼にも同じ影響をおよぼしていた。彼女が書くラブシーンをひとつ読めば、必ずエーダンの下腹部は石のように硬くなる。ジェーンの原稿を待ちわびている女性たちのところへ届ける前に、彼が酒場に立ち寄って冗談を飛ばし、げらげら笑う男たちに最新の分を読み聞かせていることに彼女は気づいているのだろうか？　村の男たちは〝甘ったるいくだり〟を茶化しながらも、エーダンが週に一度村へ行く火曜日には、ひとり残らず姿を現した。先週など、エーダンが酒場に行かなかったら、三人もの男たちが彼のことを店主に尋ねてきたらしい。

「本当？」ジェーンはうれしそうに言った。

「ああ」彼はにやにやして答えた。「男たちはきみに感謝しているよ」

ジェーンがぱっと顔を輝かせる。ブーツを履くエーダンに彼女は念を押した。

「あら、そう。ところで忘れないで。わたしが欲しいのは桃のアイスよ、ブルーベリーのじゃなくて」

「忘れないよ」彼は約束した。「きみのおかげで、村中がきみの好物をつくっている。春の雪解けの季節が来て、きみのアイスクリームがつくれなくなったら、みんな発狂するんじゃないかな」

ジェーンは微笑んだ。彼女はとくに害がないと判断したものをいくつか、村人に教えたいという気持ちを抑えることができなかった。別に技術の進歩を前倒しにしているわけではない。カーテンを横へさっと引いて、ベッドの後ろの窓の外を見る。「ゆうべ、また雪が降ったのね。見て――すてきだと思わない、エーダン？」

彼はカーテンを戻して窓を覆うと、上掛けをぐいと引っ張ってジェーンをしっかり包んだ。「ああ、きれいだ。それにとてつもなく寒い。これでじゅうぶん暖かいか？」エーダンは心配だった。返事を待たず、暖炉に数本薪《まき》をくべて入念に積み上げる。「ベッドから出るんじゃない。体を冷やしてはいけないよ」

ジェーンは顔をしかめた。「そこまで身重じゃないわ、エーダン。まだ二カ月以上もあるのよ」

「きみやわたしたちの娘のことでは、どんな危険も冒したくないんだ」

「息子よ」

「娘だ」

いきなり抱きしめられ、ジェーンは笑い声をさえぎられた。エーダンは長く激しいキスをしてから、部屋を出ていこうとした。

戸口で足を止める。「もし女の子なら」彼は静かな声で言った。「ローズと名づけてもいいかい？」

「ええ、もちろんよ、エーダン」ジェーンは優しく言った。「そうしましょう」

彼が去ったあと、ジェーンは驚嘆しながら枕《まくら》に背中をもたせかけた。彼女がホーコン城へ来てから七カ月がたった。不便に思うこともたまにはあるが、それでもこの世の何を差し出されても、今の暮らしを捨てるつもりはない。

エーダンの心の中にはまだ大きな闇があったが、その時代や物事について、彼はめったに話そうとしなかった。彼が仲間の死を嘆き、暗澹《あんたん》とした気分で過ごした月もある。それからようやくある朝、ジェーンが階上の新しい寝室からおりていくと、エーダンが大広間の壁に例の古い肖像画をかけていた。彼がいつもの暗い目をしていないことを祈りながら、ジェーンはその様子を眺めていた。エーダンが顔を上げて微笑みかけるのを見て、彼女の胸は高鳴った。

〝過去を受け入れることにしたよ〟彼はそう告げた。〝我々には豊かな歴史がある。自分たちの子供に、彼らの祖父母のことを知ってもらいたい〟

それからエーダンはジェーンと愛を交わした。そのまま大広間で。床中を転げまわり、そのあいだに一度テーブルの上で激しく愛し合った。最後は――彼女は思い出して顔を赤らめた――椅子の上で、かなり興味深い体勢で終わった。

ジェーンの夢はすべて現実となった。村の女性たちは息を殺して、彼女が書いた小説の〝最新号〟を待った。女性たちは一言一句をなめつくすように読み、恋の情事を味わい、小説の魔法は家の隅々まで広がっている。しかも絢爛《けんらん》たる文章を書いても、字を間違えても、誰も文句を言わなかった。

ジェーンは熱心な読者のいる小説家で、もうすぐ母親にもなろうとしている。乳牛を飼い、じゅうぶんな湯もあり、体中を夫の香りに包まれ、夜は愛する男性の腕にしっかり抱かれて眠った。

夢見るように吐息を漏らし、ジェーンはお腹にそっと手をのせた。セックスポットがピンク色の小さな舌をのぞかせてあくびをし、すり寄ってくる。

人生ってすばらしい。

訳者あとがき

　ロマンスのベストセラー作家、カレン・マリー・モニングの新邦訳をお届けします。本邦でも〝ハイランダー・シリーズ〟（ヴィレッジブックス刊）が多数刊行され、彼女の描く中世のスコットランドを舞台にしたロマンスはこれまでも多くの読者を魅了してきましたが、このたび新たに、スコットランド北西岸沖に浮かぶ、別名〝霧の島〟とも呼ばれるスカイ島を舞台にした人気作品が刊行されることになりました。

　本書のヒーローであるエーダン・マッキノンは、初代スコットランド王と称されるケネス・マカルピンの末裔ですが、悪の妖精の王の策略により、闇の国に何百年も幽閉されてしまいます。それを知った妖精の女王が、この偉大な王の血を引く哀れなハイランダーを救うため、現代のアメリカに住むヒロイン、ジェーン・シリーに一枚のタペストリーを送ります。ジェーンはこの不思議なタペストリーの力で、たちまち中世へタイムスリップ。かくしてふたりは一五世紀初期のスコットランドで〝再会〟を果たすわけですが……。この先はどうぞ本編にてお楽しみください。

ところで〝再会〟と記しましたのは、実はふたりがこれまで夢の中で何度も逢瀬を重ねてきたからで、ジェーンに至っては夢と現実の区別がつかないほど、セクシーで筋骨たくましい夢の中のハイランダーに恋をしていました。ちなみに名前の〝シリー《Sillee》〟は、妖精を意味する〝シーリー《Seelie》・コート〟とかけているようにも解釈できますが、原書巻末の著者注によると深い意味はないらしく、著者のちょっとした語呂《ごろ》遊びかもしれませんね。

本書では作者お得意のファンタジーやタイムトラベルの要素に加え、最後には王がエーダンを幽閉した真の理由が明かされて、長きにわたる悪の妖精の王と妖精の女王の因縁にも決着がつくというサイドストーリーも盛り込まれ、一段と楽しめる内容になっています。

さて、本書のヒロインであるジェーンは騒音や高層ビルに囲まれた都会の生活を嫌い、自然が残る田園地方での畑や果樹園に囲まれた生活に憧れています。そんな彼女がひょんなことから中世にタイムスリップして理想の暮らしを手に入れるわけですが、物質主義が蔓延《まんえん》した忙しい現代に生きるわたしたちにも、ちょっぴりうらやましく思えませんか？　また正直で陽気な働き者の村人たちは、ジェーンやエーダンだけでなく読者の心も和ませてくれるでしょう。

　カレン・マリー・モニングの新たなヒストリカル・ロマンスの世界を、たっぷりとご堪能《たんのう》ください。

二〇一〇年一月

ライムブックス Luxury Romance

愛《あい》の記憶《きおく》

著者　カレン・マリー・モニング

訳者　美月《みつき》ふう

2010年2月10日　初版第一刷発行

発行者　成瀬雅人

発行所　株式会社原書房
〒160-0022東京都新宿区新宿1-25-13
電話・代表03-3354-0685
http://www.harashobo.co.jp
振替・00150-6-151594

ブックデザイン　MalpuDesign（原田恵都子）

印刷所　中央精版印刷株式会社

落丁・乱丁本はお取り替えいたします。
定価はカバーに表示してあります。
 ISBN978-4-562-04379-8, printed in Japan